一沙一世界，一花一菩提。多少的凡来尘往、沧海桑田，唯愿我们能在各自的世界里，安好。

著 /

丁立梅
Ding Limei
Works

低到尘埃的美好 ⋮

北方联合出版传媒（集团）股份有限公司
万卷出版公司

ⓒ 丁立梅 2021

图书在版编目（CIP）数据

低到尘埃的美好 / 丁立梅著. — 沈阳 : 万卷出版
公司，2021.5（2024.5重印）
ISBN 978-7-5470-5637-0

Ⅰ.①低… Ⅱ.①丁… Ⅲ.①散文集—中国—当代
Ⅳ.①I267

中国版本图书馆CIP数据核字（2021）第074045号

出 品 人：王维良
出版发行：北方联合出版传媒（集团）股份有限公司
　　　　　万卷出版公司
　　　　　（地址：沈阳市和平区十一纬路29号　邮编：110003）
印 刷 者：三河市龙林印务有限公司
经 销 者：全国新华书店
幅面尺寸：145mm×210mm
字　　数：240千字
印　　张：10.75
出版时间：2021年5月第1版
印刷时间：2024年5月第6次印刷
责任编辑：胡　利
责任校对：高　辉
封面设计：弘果文化传媒
版式设计：马婧莎
ISBN 978-7-5470-5637-0
定　　价：38.00元
联系电话：024-23284090
传　　真：024-23284448

目录 Contents

Chapter 01
会飞的太阳

萝 卜 花 / 002

满天的星星都是我的 / 005

碗里的太阳花 / 008

石缝里的山百合 / 011

穿旗袍的女人 / 014

会飞的太阳 / 017

落日下的画画人 / 021

每一棵草都会开花 / 024

人生，诗意还是失意 / 027

呼吸这件简单的事 / 030

莲花盛开 / 034

飞翔的翅膀 / 037

我看见了蚂蚁 / 040

月亮像月亮 / 043

日子总要往前过的 / 046

050 / 老人与花

053 / 给心灵放一次假

056 / 我为什么快乐

059 / 与自己和解

062 / 不 舍 得

065 / 我认识的那些人

069 / 女人如花

072 / 住在自己的美好里

075 / 爱与哀愁

078 / 生命自在

081 / 幸福的黄昏

085 / 怀一颗感恩的心

088 / 开花的仙人棒

091 / 小鸟每天唱的歌都不一样

Chapter 02

遇见你的纯真岁月

098 / 遇见你的纯真岁月

101 / 一把紫砂壶

104 / 镇静如花

107 / 掌心化雪

天上有云姓白 / 110

玫瑰的谎言 / 113

阿德老人的鞋摊 / 116

一块橙色口香糖 / 119

爱的馈赠 / 122

花盆里的风信子 / 125

一句话的温暖 / 128

善心如花 / 131

五十二元的萍水相逢 / 134

一朵栀子花 / 139

感激一杯温开水 / 142

一路阳光 / 145

一袋野山菌 / 148

眼泪的力量 / 151

Chapter 03
青春不留白

粉红色的信笺 / 156

青春不留白 / 158

栀子花，白花瓣 / 162

青春底版上开过玉兰花 / 167

170 / 桃花流水杳然去

175 / 闲花落地听无声

179 / 我曾如此纯美地开过花

181 / 一树一树梨花开

184 / 青 花 瓷

188 / 老 裁 缝

Chapter 04
低到尘埃的美好

194 / 低到尘埃的美好

198 / 种 爱

201 / 那些温暖的

204 / 天堂有棵枇杷树

207 / 吊在井桶里的苹果

210 / 奔跑的小狮子

213 / 掌心里的温暖

218 / 尘世里的初相见

221 / 那个你伤得最深的人

224 / 相 守

227 / 会说话的藏刀

230 / 远方的远

233 / 那些疼我的人

不要对那个人叫嚷 / 238

雪地里的背影 / 241

我用我的明媚等着你 / 244

母亲的心 / 248

爱的延续 / 251

父亲的菜园子 / 254

那些雪，那些暖 / 257

手指上的温度 / 260

希望的炭火 / 263

如果可以这样爱你 / 266

这个世界会好起来的 / 270

母亲的厨艺 / 273

母亲的快乐 / 276

饺子里的爱 / 279

一件米黄色的衣 / 282

母亲的守候 / 285

和父亲合影 / 288

Chapter 05

谁碰疼了她的忧伤

灵魂的枷锁 / 294

她不是一棵树 / 298

301 / 天使的心

304 / 细小不可怜

308 / 谁碰疼了她的忧伤

312 / 他会在乎

315 / 不要碰疼她

318 / 老去不浪漫

321 / 悠悠飘过的《梁祝》

324 / 谁弄折了她的翅膀

327 / 萍

332 / 吹芦笛的二小

Chapter 01

会飞的太阳

赶太阳？多好的一个词语！我在这个词语前怔住，从此铭记在心。每当我觉得湿冷清寒，觉得灰心失望，就把这个词语掏出来，暖一暖。人生不是被动地接受，而是主动地追求，才能获得你所需要的温度。

萝卜花

萝卜花是一个女人雕的，用料是胡萝卜，她把它雕成一朵一朵月季的模样。花盛开，很喜人。

女人在小城的一条小巷子里摆摊，卖小炒。一个小气罐，一张简单的操作平台，木板做的，用来摆放锅碗盘碟，她的摊子就摆开了。她卖的小炒只有三样：土豆丝炒牛肉，或炒鸡肉，或炒猪肉。

女人三十岁左右，瘦，皮肤白皙。长头发用发夹别在脑后。惹眼的是她的衣着，整天沾着油锅的，应该很油腻才是，却不。她的衣服极干净，外面罩着白衣。衣领那儿，露出里面的一点红，是红毛衣，或红围巾的红。过一会儿，围裙有些脏了，袖套有些脏了，她就换下来——她每天备着好几套。

很让人惊奇且喜欢的是，她每卖一份小炒，必在装给你的碗里，放上一朵她雕刻的萝卜花。"这样才好看。"她说。

　　不知是因为女人的干净，还是她的萝卜花，女人的摊前总围满人。五块钱一份小炒，大家都很耐心地等待着。女人不停地翻铲，装盘，而后放上一朵萝卜花。于是，一朵一朵的萝卜花，就开到了人家的饭桌上。

　　我也去买女人的小炒。去的次数多了，渐渐知道了她的故事。

　　女人原先有个殷实的家。男人是搞建筑的，但不幸从尚未完工的高楼上摔下来，女人倾尽所有，才抢回男人的半条命。

　　接下来怎么过日子？年幼的孩子，瘫痪的男人，女人得一肩扛一个。她考虑了许久，决心摆摊卖小炒。有人劝她，街上那么多家饭店，你卖小炒能卖得出去吗？女人想，也是，总得弄点和别人不一样的东西。于是她想到了雕刻萝卜花。当她静静坐在桌旁雕着时，她被自己手上的美好镇住了，一根再普通不过的胡萝卜，在眨眼之间，竟能开出一小朵一小朵的花来。女人的心，一下子充满期待和向往。

　　就这样，女人的小炒摊子摆开了，并且很快成为小城的一道风景。下班了赶不上做菜的人，都会相互招呼一声，去买一份萝卜花吧。就都晃到女人的摊前来了。

　　一次，我开玩笑地问女人："攒多少钱了？"女人笑而不答。一小朵一小朵的萝卜花，很认真地开在她的手边。

　　不多久，女人盘下一家酒店，她负责配菜，瘫痪的男人被接到店里管账。女人依然衣着干净，在所有的菜肴里，依然喜欢放上一朵她雕刻的萝卜花。"菜不但是吃的，也是用来看的呢。"
她说，眼睛亮着。一旁的男人，气色也好，没有颓废的样子。

女人的酒店，慢慢地出了名。大家提起萝卜花，都知道。

生活，也许避免不了苦难，却从来不会拒绝一朵萝卜花的
盛开。

@ 微心语

把生活当作艺术，用一颗艺术的心灵去看待生活，
享受生活的情趣，生活便会把美好的一面回馈给你。

满天的星星都是我的

　　院子不大，是二十世纪六七十年代的建筑了。水泥地面，开裂得东一块西一块的，缝隙处，冒出许多草来，无论春夏，它们都顶一头绿。也开花，细碎的小白花，很秀气。这是我租住了近两年的小院，它的原主人早就搬进高楼里去了，索要的租金不贵，有，聊胜于无的。我仿佛捡了大便宜，欢天喜地搬进来。每天看着院子里的草，体味着生命的鲜活与生机勃勃。

　　不知从什么时候起，院子里突然来了一批"客人"，是些麻雀、白头翁，还有画眉。我以为那定是画眉，可爱的绿脑袋，歌声婉转。它们在院子里散着步，小脑袋一点一点的，这儿看看，那儿瞅瞅，充满好奇的样子。有的跃上晾衣绳，站在上面左顾右盼，啁啾着。热闹非凡。

　　我在一块玻璃板上，倒上饭粒和面包屑。

　　鸟儿飞下来啄食。我坐在不远处看书，看鸟儿。也有胆大的，跳着跳着，就跳到我的脚边来了，抬头看一看我，而后又跳开。阳光淡淡，时光安详。

有同事到我的小屋来，她用同情的眼光看着我居住的地方，说："你怎么住这种地方？"她是指它的简陋。我笑。她哪里知道我养了一院子的鸟儿，还有那些自生自长的草。虽说破院子旧房子地住着，我却感到富有。

我想起一朋友来。朋友是个生意人，曾把生意做得风生水起，买了豪宅豪车，一米六的小个头，竟找了个一米七的漂亮女孩做女友……一切完美得不能再完美了，却因他一时疏忽，生意一落千丈，最后只得宣布破产。

他的世界，立即黯淡一片。债主们整天守着他的家门，女友投入别人的怀抱……那些天，他整夜整夜失眠，头发大把大把掉落，他陷入人生绝境，无力自救。他想，不如一了百了吧。

在结束生命前，他决定回乡下看看母亲。夜晚，他坐在母亲的小院内，天上的星星，密密匝匝，像有无数的小鱼在跳。晚风徐徐，飘来植物的清香。天地间，一片宁静。母亲絮絮跟他说着田里的事，瓜果蔬菜，都长得挺好的。他哪有心思听这些，一颗心，只盛满悲凉，想，母亲还有瓜果蔬菜可依，他却什么也没有了。

邻家的两个小孩子，当时正在一边玩耍。他们追着萤火虫跑，后来又钻到草丛里去找纺织娘。他们是无忧的。

一个孩子捉到一只蚱蜢，另一个孩子要，那孩子不给。要的孩子就有些恼了，说："才不要你的破蚱蜢呢，我家有长毛狗呢。"

"那有什么！我家还有小兔子呢。"捉到蚱蜢的孩子神气地回应。两个孩子开始斗嘴，准确地说，他们是在比谁拥有的多。他们先是比家里的东西，后来比一切他们看得到的，屋后小河的鱼，门前树上的鸟，都成他们的了。最后，一孩子突然仰起脸来，小手一指天空说："满天的星星都是我的。"

朋友起初只是可有可无地听着，他只当那是孩子的游戏。当他听到"满天的星星都是我的"这句时，像被什么猛地一击，原来，他并不曾失去得一无所有，还有这满天的星星，在为他亮着啊。

第二天，朋友返回小城，一切从头再来。他后来，慢慢走出困境。

在人生的旅途中，我们每个人都拥有满天的星星。我们都是富有的，因而没有理由气馁。

@ 微心语

当你感觉生活艰辛、失落无助的时候，不妨想想你所拥有的幸福，要记住命运掌握在自己的手中，你能把握好自己的命运。

碗里的太阳花

这是我生活的小区里的一个女人的故事。女人是个不幸的女人，三岁时失去了父亲，七岁上失去了母亲。好不容易熬至成人，嫁得如意郎君，以为从此后会苦尽甘来。

也真的过了一段安稳和乐的日子，丈夫对她好，她对丈夫好。虽说也是小家日子小家过，但因他在、她在，日子便过得很有滋味。

女人喜欢用碗种太阳花，这是个很古怪的做法。碗是家常的碗，粗瓷的，便宜的时候，一块钱能买两个。她一碗一碗种着太阳花，这碗谢了，那碗又开了。从春到秋，她的小家，便都姹紫嫣红着。

丈夫好奇地问她为什么要用碗种花。她跟他讲过去的种种，没爹没娘的孩子，受过别人的欺负与冷眼，记忆里有太多不堪。唯一温暖她的，就是瞎眼的祖母种的太阳花。破了的碗，祖母舍不得扔，祖母就在里面种花。花开的时候，是一碗的绚烂，一小朵一小朵的花，像热闹的小粉蝶。祖母看不见花，但祖母知道花开了。祖母叹："多好看哪！"然后拍拍她的小手背，说："记着，孩子，好死不如赖活着，忍忍，忍忍就过去了。"祖母的脸上，波澜不惊。

丈夫听得动容，怜惜地把她拥进怀，对她承诺："从此，你不必再受苦了。"她幸福地点头。

两年后，他们有了孩子，是个活泼可爱的男孩，小日子燕歌莺舞。女人很满足。

一日，女人和丈夫、儿子一起上街买菜，回来的路上，却意外遇一场车祸。丈夫留恋地看她一眼，就咽了气。孩子却连睁眼也不曾有，就去了另一个世界。女人自己，也因这场车祸，失去一条腿。

女人万念俱灰。那些日子，女人躺在床上不吃不喝，只靠输葡萄糖维持生命。女人想得最多的是，早点结束生命吧，早点去与丈夫、儿子团聚。

女人的瞎祖母这时来了，老人迈着细碎的步，摸索着天天给女人的床头换花，都是碗种的太阳花，花开得绚烂热烈。有天，老人坐在女人的床头，布满青筋的手，轻轻抚着女人的手背，对着一碗太阳花感叹："多好看哪！"女人的泪，终于流下来。

女人活过来了。在身体恢复得差不多的时候，女人出了一趟门，回来的时候，手里多了一个小女孩。小女孩三四岁的模样，圆脸，长得很可爱。听人说，小女孩是那次事故中另一方的孩子。那日，女孩父母的车，撞了女人一家之后，又冲上路边栏杆，女孩父母当场死亡。坐在车上的女孩，竟只擦破一点点皮，安然无恙。

没人去找女人核实，到底是不是这回事。大家看到女人时，都满怀敬意地微笑。也很疼那个小女孩，谁家有好吃的，都会送她一份。女人无以为报，就送大家她种在碗里的太阳花。

现在，女人收养的那个小女孩，已长大了，上学了，跟女人很贴心。女人的瞎祖母，身体也还硬朗着，被女人接来一起过。女人的手很巧，学会很多手工，花样复杂的线衣，她闭着眼睛也能织。她的日子，便一天一天宽裕起来。

闲时，女人还是喜欢在碗里种太阳花，一碗一碗的，置在窗台上。

@ 微心语

不管生活给了我们多少挫折和变故，只要我们保留着不灭的信念，充满希望地生活，人生总有意义，总会成就美丽的风景。

石缝里的山百合

可莹的脖子上，总爱挂一个石头坠子。无论是穿着质地考究的西装，还是穿着高雅温婉的旗袍。

坠子是她特地定做的，一方岩石上，有花在怒放。花红艳艳的，像一朵燃放着的火苗。是朵山百合。

她的超市，现在连锁店已开到二十多家了。最近又相遇良人，那人还是个留洋归来的博士。和她站一起，真个是郎才女貌，羡煞旁人。熟悉她的人，没有一个不感叹的，她终于，有了她的锦绣人生。

曾经却不是这样。曾经她一度想自杀，那个时候，诸多烦恼，纷至沓来：先是被公司裁员。后是丈夫出轨，卷走家里全部积蓄。疼爱她的母亲又重病过世。她的天空，一瞬塌崩。

她留下两封遗书，远去黄山。那个地方，一直是她向往的。与丈夫恩爱时，丈夫曾许诺，等有一天，他们赚了足够多的钱，他会带她到黄山，在那儿长住，每天看日出听风吹，相伴到终老。她想到这些，寒冷突袭全身。原来，神仙眷侣不是人人都能做得的，男人的承诺，有时薄若蝉翼，经不起一点点吹弹。

她心里早就计划好了，在游完黄山后，她要择一处风景绝好的地方，纵身跳下去。

她一路行来，看松，看石，看云。半山腰上，云朵一蓬一蓬涌上来，如湖泊，如江河，如海洋。她想成为其中的一朵。在她做好准备，就要跳下去的时候，她不知怎的回了一下头。就在这时，身后的一抹艳红，跳入到她的眼中，撞疼了她的眼。那是开在石缝里的一朵山百合。

见过太多漂亮的花开在花盆里的，却从未曾像那刻那样让她震惊。一朵开在石缝里的花，周围寸草不生，唯它，独独的一枝，顽强地从石缝里探出身子来，欢笑自如。

她站在那朵山百合跟前，落了泪。

她活着回来了。回来后，她做的第一件事就是和丈夫离婚。而后，她开始找工作。她当过保姆，在饭店做过服务员，也到街上摆过小摊，还曾走街串巷地收过废品。一点一点积攒，她盘下一家因经营不善而倒闭的小商店。

由这个小商店起步，她开了一家小超市。再由小超市，扩展到大超市。一步一步的，她成了远近闻名的女企业家，常被邀请去参加一些大型会议。每次出门，她都会在脖子上挂上她的石头小坠子。在与大家分享成功经验的时候，她最爱说的一句是，只要好好活着，总有机会，重新来过。

@ 微心语

　　我们无法逃离遭遇不幸，我们可以做的是面对现实，学习草的坚韧，学习花的坚持，勇敢地迎接生活的挑战。

穿旗袍的女人

六年前，我在一个小镇住，小镇上有个女人，三十多岁的模样，平时就在街头摆个摊，卖卖小杂物，如塑料篮子瓷钵子什么的。

女人家境不是很好，住两间平房，有两个孩子在上学，还要侍奉瘫痪的婆婆。家里的男人也不是很能干，忠厚木讷，在一工地上做杂工。这样的女人，照理说应该是很落魄的，可她给人的感觉却明艳得很，每日里在街头见到她，都会让人眼前一亮。女人有如瀑的长发，她喜欢梳理得纹丝不乱，用发夹盘在头顶上。女人有颀长的身材，她喜欢穿旗袍，虽然只是廉价的衣料，却显得款款有致。她哪里像是守着地摊赚生活啊，简直是把整条街当成她的舞台，活得从容而优雅。

一段时期，小街人茶余饭后，谈论得最多的就是这个女人。男人们的话语里带了欣赏，觉得这样的女人真是不简单。女人们的言语里却带了怨怼，说："一个摆地摊的，还穿什么旗袍！"隔天，却一个一个跑到裁缝店里去，做一身旗袍来穿。

女人不介意人们的议论，照旧盘发，穿旗袍，优雅地守着她的地摊，笑意姗姗，周身散发出明亮的色彩。这样的明亮，让人没有办法拒绝，所以大家有事没事都爱到她的摊子前去转转。男人们爱跟她闲聊两句，女人们更喜欢跟她讨论她的旗袍、她的发型。临了，都会买一件两件小商品带走，心满意足地。

几年后，女人攒足了钱，再贷了一部分款，居然就买了一辆中巴车跑短途。她把男人送去考了驾照，做了自家中巴车的司机。她则随了车子来回跑，热情地招徕顾客。在来来去去的风尘之中，她照例是盘了发，穿着旗袍，清清丽丽的一个人。她的车也跟别家的不同，车里被她收拾得异常整洁，湖蓝色的坐垫，淡紫色的窗帘，给人的感觉就是雅。所以，小镇人外出，都喜欢乘她的车。

她的日子渐渐红火起来，却不料，很意外地出了一起车祸。所赚的钱全部赔进去了，还搭上一辆车和几十万的债务。她的腿部也受了很重的伤，躺在医院里，几个月下不了床。小镇人都说："这个穿旗袍的女人，这下子倒下去是爬不起来的了。"

可是半年后，她却在街头出现了，干着从前的老本行——摆地摊儿，卖些杂七杂八的日常生活用品。她照例盘发，穿旗袍。腿部虽落下小残疾，但却不妨碍她把脊背挺得笔直，也不妨碍她脸上挂着明亮的笑容。

　　我离开小镇那年，女人已不再摆地摊了，而是买了一辆出租车在开。过两年，小镇有人来，问及那个女人。小镇人说："她现在发达了，家里有两辆车子，一辆跑出租，一辆跑长途。"最近又听小镇人说，女人新盖了三层楼房。我问："她还盘发吗？还穿旗袍吗？"小镇人就笑了，说："如果不盘发，不穿旗袍，她就不是她了。真的呢，她还跟从前一样漂亮，一点没见老。"

　　这样的女人，是应该永远活得如此高贵的，是从骨子里透出来的那种高贵，什么样的艰难困苦也湮没不了她。

@ 微心语

　　红颜短暂易逝，品格历久弥新，女性因努力而自信，因坚强而高贵。

会飞的太阳

一

去一个老宿舍区找人。

老宿舍是上个世纪八十年代初建的。平房，一字排开，隔成一小间一小间的。每一小间里，住一户人家，一家老小，都挤在这一小间里。邻里不消说鸡犬声相闻，就是彼此间轻微的呼吸，都能听得见——当然，这都是从前的事了。

如今，这些老房子蜷缩在几幢高楼后，终年难得见到阳光。屋顶的瓦片上，爬满了岁月的绿苔。乡下的草，也跑来凑热闹，一簇一簇的狗尾巴草，聚集在屋顶上，春天绿着，秋天黄着。墙壁上涂抹的白石灰，早已斑驳得不成样了，露出大块大块难看的伤疤。

在老房子里长大的孩子，一俟羽翼丰满，立马就飞了。他们飞走后，再不肯回头。留守在老房子里的，就都是些上了岁数的老人。老人们念旧得很，住惯了的老房子，已然成了他们的亲人，难丢难舍。

我去时，是冬天。冬天的阳光，见缝插针地，从高楼的缝隙里，漏下一点两点来。我看到几个老妇人，怀里捧着棉被子，在那一星点的阳光下，展开，一边拍打，一边闲闲地说着话。阳光移开去了，她们就又捧着棉被子跟上去。她们看到诧异地站在一旁的我，笑了，对我解释道："我们在赶太阳呢。"脸上是一派的安宁祥和。

赶太阳？多好的一个词语！我在这个词语前怔住，从此铭记在心。每当我觉得湿冷清寒，觉得灰心失望，就把这个词语掏出来，暖一暖。人生不是被动地接受，而是主动地追求，才能获得你所需要的温度。

二

连续的阴雨，天像破了似的，滴答滴答个没完没了。

家里的衣物，摸上去都是潮乎乎的——连人，也似乎是潮乎乎的人了。南方的梅雨天，总是让人难耐。

小孩子却没有这样的感觉，雨天里他们照旧玩得兴高采烈的。他们穿了雨鞋，偏寻着洼地积水走，一脚踩下去，击起水花一朵朵，他们乐得哈哈笑。

五岁的小侄儿也跟着别的孩子，去踩洼地的积水玩，不时快乐地尖叫着。他还叠了一些小纸船去放，边放边唱着别人不懂的歌。孩子的快乐，简单透明，无关天气。

又一阵雨来，他被"捉"回家。他四下里看看，突然问我："姑姑，你有彩笔吗？我想画画啦。"

我赶忙找了纸笔给他。他握笔在手，大刀阔斧地作画。

他先画一幢房，房子歪歪扭扭的，上面开满门和窗，屋顶上也开着。

我问："为什么画这么多的门和窗啊？"

小侄儿告诉我："是为了让小猫小狗进来呀，还有小鸟进来呀，还有小兔子小熊进来呀……"

我失笑不已，小侄儿大概准备开动物园了。

他又开始画树和花。树们杂乱无章地挤在一起，高的矮的，胖的瘦的，有弯着长的，有斜着站的，有躺着睡觉的。一律是山花插满头，花朵儿小果子似的垂挂着。

问他："哪有树是这样长的？哪有花是这么开的？"小侄儿不屑地一撇嘴，答："本来就是这样长的呀，本来就是这么开的呀。"

他埋头继续画着，大笔一挥，他的笔下，出现一个大大的太阳。太阳的光芒从天上一直拖到地上，把房屋罩住了，把树和花朵罩住了。他再唰唰几笔，给大太阳加上了一对硕大的翅膀。

我问："太阳怎么长了翅膀呢？"

小侄儿头也不抬地说："太阳本来就有翅膀啊，下雨的时候，它飞出去玩了，一会儿，它还会飞回来的。"

我被他的话击中，愣愣地看着他。小侄儿却无知无觉，继续沉浸在他的笔下。他当然不知，他的世界，多么富有禅意。原来，无论天空如何阴霾，太阳一直都在的，不在这里，就在那里。因为，它长了一对会飞的翅膀。

@ 微心语

真正的幸福不是周围环境给予的，而是存在于自身的心境。每个人都掌握幸福的钥匙，幸福不在别处，幸福存于你的心中。

落日下的画画人

他曾是一个流动乐团的台柱子。

说是乐团，不过由三五个无业青年凑成，都会玩点儿乐器，都能吼上两嗓子。一日，聚一起闲聊，一人突然眼睛亮亮地看着他说，我们组个乐团吧，你主唱，我伴奏，准能挣大钱。他在家里正闷得慌，随口答应，好啊。

乐团很快建起来。他挑了些歌，都是能唱出人的眼泪来的，随便演练了一下，就上阵了。

演出地点选在人多的广场。一人做了一个大的募捐箱带上，他有异议，搞募捐不好吧？那人开导他，我们一不偷，二不抢，人家愿意捐就捐，不愿意捐，我们也不勉强，有什么不好呢。他想想，也是。自己安慰自己，我这也是靠劳动吃饭的。

首场演出，他们大获成功，比预想的还要成功。起初，也只是三两个人，站着听他唱。后来，听的人越聚越多，里三层外三层，把他围在中间。不少人歌未听完，就走到募捐箱前，五块、十块地往里面投。他左一声谢谢，右一声谢谢，更拨动了人们心中柔软的弦，捐款的人，越来越多。连平时节俭得不得了的老大妈，也从贴身口袋里，掏出钱来，一边投进募捐箱去，一边唏嘘着对他说，孩子，你休息一会儿吧。

那一天，他们收工回去，把募捐箱的钱倒到床上数，居然数出三千多块。这大大鼓舞了他。他们决定扩大范围，一个城一个城地巡回演出。等把全国走一圈下来，他们肯定能弄成个百万富翁。

这样的设想，让他兴奋。从此，他更投入地频频登台，即使寒风当头，他也坚持穿很少的衣服，裸露着他的双腿。

那天，在街头一角，他正卖力地唱着歌，一个小女孩，突然走到他跟前，大眼睛忽闪忽闪的，盯着他裸露的双腿看，而后抬头问，叔叔，你疼吗？他一下子愣住了，眼睛不由自主地落到自己的腿上，那儿，两团红肉，触目惊心。年少时的一场交通事故，他被迫锯掉双腿。从那时起，他收获过许多的同情和怜悯，却少有人问过他疼不疼。

他慌张地"唔"了声。小女孩朝他举起手里的棒棒糖，努力举到他嘴边，小女孩说，叔叔，送给你，你吃了糖，就不疼了。

那一刻，深深的羞耻感，潮水一般地淹没了他。用自己的残缺，一次又一次，博取他人的同情，尤其是面对一个纯真的孩子，他觉得自己可耻。

他不顾同伴的劝阻，毅然退出了乐团，重拾起画笔。这些年，他断断续续学过绘画。他在街头支起画架，帮人画速写，明码标价，一张速写十块钱。顾客稀少，生意清淡，他也不急不躁地坐着。没顾客的时候，他画街景，一棵树，一朵花，一个人，在他笔下，绿着，艳着，欢笑着。他说，现在这么过着日子，心底特踏实。

我路过他的画摊时，他穿着长长的风衣，把自己伪装得很好，看上去和健全人没什么两样。我停下来，画了一张速写，放下十块钱，不多，不少。他微笑着收下。

我跟他挥手作别。走了很远，又回过头去看他。落日下，他正低头在纸上作画，身上镀着落日的金粉，散发出动人心魄的光芒。

@ 微心语

良好的品德是一个人的立世之本，做有德行的选择，保持对真、善、美的追求，你会获得心灵的轻松与惬意。

每一棵草都会开花

去乡下，跟母亲一起到地里去，惊奇地发现，一种叫牛耳朵的草，开了细小的黄花。那些小小的花，羞涩地藏在叶间，不细看，还真看不出。

我说，怎么草也开花？

母亲笑着扫过一眼来，淡淡说，每一棵草，都会开花的。

愣住，细想，还真是这样。蒲公英开花是众所周知的，先是开放一朵一朵的浅黄，而后结出一个一个白白的绒球球，轻轻一吹，满天飞花。狗尾巴草开的花，就像一条狗尾巴，若成片，是再美不过的风景。蒿子开花，是大团大团的……就没见过不开花的草。

曾教过一个学生，很不出众的一个孩子，皮肤黑黑的，还有些耳聋。因不怎么听见声音，他总是竭力张着他的耳朵，微向前伸了头，做出努力倾听的样子。这样的孩子，成绩自然好不了，所有的学科竞赛，譬如物理竞赛、化学竞赛，他都是被忽略的一个。甚至，学期大考时，他的分数，也不被计入班级总分。所有人都把他当残疾，可有，可无。

他的父亲，一个皮肤同样黝黑的中年人，常到学校来看他，站在教室外。他回头看到窗外的父亲，也不出去，只送出一个笑容。那笑容真是灿烂，盛开的花朵般的，有大把阳光歇在里头。我很好奇他绽放出那样的笑，问他，为什么不出去跟父亲说话？他回我，爸爸知道我很努力的。我轻轻叹一口气，在心里，有些感动，又有些感伤。并不认为他，可以改变自己什么。

学期要结束的时候，学校组织学生手工竞赛，是要到省里夺奖的，这关系到学校的声誉。平素的劳技课，都被充公上了语文、数学，学生们的手工水平，实在有限，收上去的作品，很令人失望。这时，却爆出冷门，有孩子送去手工泥娃娃一组，十个。每个泥娃娃，都各具情态，或嬉笑，或遐想，或奔跑，或静思，或跳跃，又活泼又纯真，让人惊叹。作品报到省里去，顺利夺得特等奖。全省的特等奖，只设了一名，其轰动效应，可想而知。

学校开大会表彰这个做出泥娃娃的孩子。热烈的掌声中，走上台的，竟是黑黑的他——那个耳聋的孩子。或许是第一次站到这样的台上，他神情很是局促不安，只是低了头，羞涩地笑。让他谈获奖体会，他嗫嚅半天，说，我想，只要我努力，我总会做成一件事的。

刹那间，台下一片静，静得阳光掉落的声音，都能听得见。

从此面对学生，我再不敢轻易看轻他们中任何一个。他们就如同乡间的那些草们，每棵草都有每棵草的花期，哪怕是最不起眼的牛耳朵，也会把黄的花，藏在叶间，开得细小而执着。

@ 微心语

在生活中，人的一双眼睛应该这样使用——向外观察世界，懂得生活的美好；对内发现自己，挖掘自身的潜能。

人生，诗意还是失意

　　他参加中考那年，十六岁。成绩一直很优异，大家都预言他一定能考上小中专。那时候，考上小中专，对一个农家孩子来说，是巨大的福祉，就像传说中的鲤鱼跃龙门。

　　考试那天，父亲特地放下农活，送他到考场。考场门口，父亲生满老茧的手，重重拍在他的肩上，语重心长道，儿啊，你能不能跳出农门，在此一举了。他看看父亲，重重点头。

　　试考完，于忐忑不安中，终于等到分数揭晓。结果是喜出望外的，他竟比小中专录取分数线高出整整十分。父亲宰了家里的羊庆祝，一村人都分享到了他家羊肉的香。

　　以为不久之后就要接到录取通知书的，却左等右等不来，一直等到夏蝉叫遍。

　　转眼，九月了，学校都开学了，他的通知书还是久久未至。父亲去镇上转了一圈回来，蹲在屋檐下吸着旱烟叹气，半响之后，才对他说，儿啊，认命吧，咱不是吃公家饭的命。

他意外地，落榜了。听说他的名额是被一干部子弟挤掉了。

后来，在亲戚们的接济下，他去读高中。三年寒窗苦，他以高分被一所大学录取。生活向他铺开了花团锦簇的一面：他会在城里念书，在城里工作，在城里娶妻生子。他会过上诗情画意的生活，有带露台的房子，有书，有花，有音乐，有清风明月。十九岁青春的心里，人生就是鲜衣怒马，气吞山河。

却在大学的一次例行体检中，他被查出患了乙肝。城市还是别人的城市，他回了他的乡下。窝在十来平方米的房间里，他的心里，布满灰暗和伤痛。人生失意至此，还有什么可盼可等的？

识字不多的父亲，讲不来什么人生大道理，手里抓一把大豆，又抓一把麦子，对他说，在农村，也没有什么不好的，种下豆子就长出豆子，种下麦子就长出麦子。他后来反复回味父亲的这句话，品出另外的味道，那就是，好好活着，才是最重要的。

他的心安定下来，一边积极配合着治疗，调理着身体，一边思谋着更有意思的活法。他在房前种花。他家屋前，很快便花事沸沸，姹紫嫣红成一片。村里人有事没事都爱上他家转转，聊聊天，看看花，日子里有了温馨绵长的滋味。

夏夜，满天星斗，四周虫鸣不息，清风徐徐，送来稻花的清香。他在星光下吹笛，引得纳凉的村人们都聚拢来听。一个喜欢他笛声的漂亮姑娘，爱慕上他，后来成了他的妻。

他还迷上根雕。乡下的树木多，常有些树老去，那些被丢弃的树根，他宝贝似的捡回家，在上面精雕细琢。雕只小羊，小羊就似在吃草。雕着小狗，小狗就似在蹦跳。村人们都赞叹不已，夸他，雕得真像啊。他们把他的根雕，摆在家里堂屋最显眼处，做了最美的摆设。他根雕的名声，渐渐响了，不少人慕名而来，出重金相购。他干脆开了家根雕馆，成了远近闻名的根雕师。

他是我偶然相识的一个朋友，年近五十，一个很普通的人。他用他的经历，让我明白，人生失意总是难免的，要紧的是，在失意中，活出诗意来。好好活着，才是生命的本质。

@ 微心语

李白在郁郁不得志时，斗酒诗百篇，何等洒脱。苏轼在一贬再贬时写下"大江东去，浪淘尽，千古风流人物"的千古绝唱。每个人都应学会乐观豁达，在失意中活出诗意来。

呼吸这件简单的事

听到陈晓旭离世的消息时，我打开一首《葬花吟》听，一管箫吹得落花成泥，乐曲幽怨得深不见底，"一朝春尽红颜老，花落人亡两不知"，可惜的是，她红颜未老，却作了花瓣飘零。

他站在我的身后听，快乐的一个人，眼神里，也弥漫着忧戚。他叹，她什么没有啊，美貌、才气、金钱、爱她的人……

可是，她没有健康。纵使遁入空门，佛祖亦是无能为力的。

我想起前些日子，看到的另一个女子的故事。女子叫原小娟，网名鼠尾草，足迹遍布旅行、摄影、葡萄酒、时尚杂志，是别人眼里优雅的白领丽人。有才、有貌，事业有成。有一个疼她的丈夫，有一个可爱乖巧的儿子，这样的幸福，大概连上帝也嫉妒了，她的生命，走到三十五岁上，因病戛然而止。尽管她抱了无畏的勇气，请上帝给她更多的时间，但她还是在百花盛开的时节，凋落了。患病之后，她曾说过一句发人深省的话：

"面对可能相遇的死神，我开始重新思考自己的生活方式，那些被人羡慕的生活有太多虚妄的假象。"

什么时候，我们才真的懂得，那种光华灼灼的背后，健康与生命，其实早就瘦骨伶仃。我们恨不得把一分钟掰成十分钟来使，我们忘记了听风吹，无暇看日升日落，一路狂奔而去，以为前方，定有更多更美的风景，生生错过路旁众多景致，还有凡俗的喜悦与快乐。岂知人生错过就错过了，永不可回返。

朋友 S，是一个把事业看得比生命还重的人，他天南地北做采访，觥筹交错中，他的人生，繁华成一树花开。却不敌一场大病，发现时，已是肝癌晚期。离世时，他的小女，才六岁。他对小女说，爸爸要到很远很远的地方去了。眼神里，有无限依恋。他多想好好爱家人、爱自己、爱这个世界，却来不及，来不及了。

痛。若是他早知如此，他断不会拼命透支自己，让自己活在虚妄的假象里吧？我想起一句话来，早知今日，何必当初。当初是什么？当初是金戈铁马、气吞山河，以为挥一挥手，就可以打下一片江山。

只是江山还在，人却非。与时光、与浩渺的宇宙相比，我们人，到底能握住什么？

一个编辑朋友，在 QQ 里跟我说话，我们谈到原小娟，谈到陈晓旭，谈到另一些早逝的人。他突然对我说，你不要再熬夜写作了，你再有名，文章再惊天下，我都可以不要，我要的是，朋友的健康。人都没有了，要文章做什么？我不想你千古留名，只想你今世活好。

　　愣住。是的，没有了活，那一些，还有什么存在的意义？上帝在给予人生命的同时，也给了人很多的诱惑，譬如金钱、名利、地位。但上帝又是公平的，你拥有一方越多，另一方也就失去得越多。得失之间，生命在荡着秋千，你得好好抓牢牵引的绳索，才不至滑倒坠落。如此想来，平安终老，该是多么有福气的一件事。

　　和他一起散步。街两旁的梧桐树，蓊郁如盖，我们站在一棵梧桐树下，说起死亡。他说，知道什么是最美的事吗？是呼吸啊。我点头，以为是真理。张眼之处，人在呼吸，车在呼吸，树在呼吸，楼房在呼吸……世界在呼吸，世界活着。能呼能吸，多么值得感恩且珍惜！

　　我们就这样站着，傻傻地听呼吸的声音。深深吸一口气，再呼出。我想到一行大师那句很禅意的话：吸进的是鲜花，吐出的是芬芳。忍不住想，陈晓旭体会过吗？原小娟体会过吗？我的朋友 S 体会过吗？呼吸这简单的事里，原是藏了这样的美妙。

　　不远处，一簇月季，开着碗口大的花，绯红，明黄。还有鸟，翅膀上驮着光亮，飞过天空。夕阳艳如一颗红樱桃，天空的颜色，绚烂得可以做跳舞的衣裳。

@ 微心语

　　无论是流水明霞，还是春花秋月，都无法在这世间久留，甚至我们的生命都只在呼吸的瞬间。

莲花盛开

　　女人有个很诗意的名字：莲花。那是捡到她的拾荒老人给取的。老人不识字，不懂诗意，只因捡到她时，小镇的河里，开了一河的莲花。

　　叫莲花的女人，天生残疾，出生时，该长手的地方，却长了两个肉球球。年轻的父母，大概是怕了以后漫长岁月难度，在莲花出生没多久，就把她丢弃在一垃圾堆旁，一条小花被包着，这是父母今生给她唯一的温暖。

　　莲花却天性灿烂，且命大。饿得奄奄一息了，还冲人笑，小嘴一咧开，一团小花就盛开了。捡到她的拾荒老人，心立即软了，把她抱回家。

　　跟着拾荒老人，穷日子里滚爬，她竟风吹草长般地长大。很小就跟着老人捡垃圾，没有手，就用胳膊搂着。被人欺负了，从不哭诉，亦不埋怨，只对自己说，不哭不哭，我没有手，还有脚，还有眼睛呢。她很聪明，学会用嘴做一些事情，甚至还能用嘴飞针走线。

莲花十三岁那年，拾荒老人一病不起，撒手人寰。临终前，老人眼睛死死盯着她，说："莲花，你要好好过。"

莲花记住了老人的话。日子再艰难，她都能咬牙过，信念只有一条，要好好过。她捡垃圾，帮人看孩子，给孤寡老人做陪护，摆小摊……她靠自己养活自己，在青春好年华里，她也是一树花开，没有人当她是残疾人。

一天，一个男人说："莲花，让我做你的双手吧。"因这句话，她嫁给了他，两个人恩爱有加。幸运的翅膀，眼看着张开了，却不料，一次车祸，莲花永远失去了行走的双腿。承诺要做她双手的男人，离开了她。黑夜里，她一遍又一遍想，放弃吧，放弃吧，命运是这样的不堪。但又有一个声音在耳边响着：莲花，你要好好过。

再爬起来，她已心平如镜。她衣着整洁，眼神清澈。她的轮椅，碾过小镇的巷道。一路上，有不息的招呼声："莲花，早啊。""莲花，好啊。"她亦响亮地应答："早啊。""好啊。"小镇的街上，有她用事故赔偿金开的一家杂货店，大家都很照顾她的生意，她很忙碌。

她收养了一个孤女，当女儿养着，疼爱得不得了。目前小丫头已读小学五年级，她说她要供丫头念到大学毕业。

"到时候，丫头工作了，能自己赚钱了，日子会更好过的。"

她这样笑着跟人唠家常。眼底里，深深浅浅的，都是对日子的
期盼和感恩。

@ 微心语

　　人生其实更像一座钟，在受到打击之时，才释放出
自己美丽的新生，那悠扬的钟声，一声比一声悦耳，一
声比一声从容。

飞翔的翅膀

十六岁，她念初四。惧怕物理，老考不好。物理老师大怒，命她擎着自己的考试卷子，在班上游走。一圈一圈走下来，她的自尊被碾成碎末。从此惧怕上学，收拾书包走人。

她在我跟前说这段往事时，是笑着的。她的笑容，一直很灿烂。我却听得心疼。我想起三毛，同样的境遇，三毛的数学考试不及格，老师在三毛脸上用毛笔画了个圈，让她站在教室外的走廊上示众。结果，三毛从此患了自闭症。经年之后，提起往事，三毛还是心有余悸。

她不同，她的性格里，更多的却是果敢。她没有患上自闭症，她走上了一条自立的路。小小年纪，去饭店给人端盘子，这一端就是一年，积累了丰富的生意经。适逢家乡新建开发区，她在开发区租了房，自己开店。小店被她经营得红红火火，引起了当地电视台的注意，电视台特别报道了这个自强不息的小姑娘。她的人生，如果沿着这条路走下去，肯定会花开繁盛。

可是，她偏偏爱好文学。只念过初中，却拿起笔来写小说。难说当时她是一种什么心理，或许，是为了排解生活中的烦和恼。或许，是不想让自己的青春，消耗在凡俗里。她前后花费四年时间，写出了第一部长篇小说《多梦季节》。这一年，她二十岁。

她把写好的小说，给一家出版社寄去，心里也没抱太大希望。在她，只是完成了一次心灵的放飞。放飞出去了，她的心事，也就了了。

不久之后，出版社却打来电话，说她的稿子，过了终审，准备出版。当那边得知她仅仅是个初中毕业的小姑娘时，惊诧万分。惜才的编辑问她："你愿意一辈子就待在一个小地方吗？想不想走出你的家乡？"

她第一次慎重地考虑将来。将来，也许她会成为腰缠万贯的商人，嫁一个男人，安稳地过一生。可是，她的梦想不是这个，她决定为她的梦想孤注一掷。在出版社的推荐下，她只身一人，去了鲁迅文学院学习。这时，前途对她来说，是茫茫复茫茫。世界真大，她不过是万顷碧波上一枚漂浮的叶，漂向哪里靠岸，是个未知数。

在鲁院，她拼命汲取知识，读书，写作，没日没夜。在那里，她又写出一部长篇小说《雨后的阳光》，被出版社隆重推出。

这样安静无忧的日子，很快被打破，她毕业了。摆在她面前的，是很现实的生存。多少人成为京漂，转头是空。她一个初中毕业的女孩子，要想在北京城捡拾她的梦想，难。再加上这时的她，囊中羞涩，当初开店所赚的钱，除去上学所用，已所剩无几。去，还是留，已是无可回避的一道选择题。若回去，她可以再创生意的辉煌，锦衣玉食地过着。但最终，她选择了留下。

吃的苦，不必说。几番碰撞之后，她硬是凭着一股闯劲，进了媒体圈，做了一名娱记。后来，她应聘到《现代教育报》，任编辑、记者，成了《现代教育报》很厉害的一支笔，出版了教育专著《精英之门》。这期间，她获奖无数。现在，她已在北京买下两套房，凭借她的一支笔。

她说："我的梦想还没完呢，我要带着我的笔，走遍万水千山。"她站在我跟前，张开她的双臂，仰天欢笑，目光放逐得很高很远。

我想，如果有一天，这个叫解淑萍又名解小邪的小女子，突然从南美洲给我发来信息，我一定不会诧异。因为在她身上，永远洋溢着一种活力——只要给梦想插上飞翔的翅膀，它总能到达它应到达的地方。这对飞翔的翅膀，一个叫坚持，一个叫努力。

@ 微心语

　　没有鞭策自己奋勇向前的动力，没有坚强的意志和无畏的坚持，梦想永远是梦，只能幻想，无法成真。

我看见了蚂蚁

　　事业有成的男人，天天忙着他的事业，业绩一路攀升。由于忙，他的时间，几乎全被工作填满了。他忽略了对妻子的承诺，对儿子的关爱，对母亲的问候。妻子要去十三陵水库看一看，那是他们最初发生爱情的地方。他答应："好。"却一拖就是好几年。儿子提意见，说同学的爸爸，会陪着他们的孩子打乒乓球呢。他有点内疚，许诺："等爸有空了，也陪你打。"却一直没有空。母亲在遥远的乡下，想他想得不行了，打电话给他。他正忙着，在陪客户谈事情。匆匆两句话，他就搁下了母亲的电话。也有不安，他想，等他忙过这一阵子，他会回去看母亲的。

　　他没想过他会失明。怎么会呢？他风华正茂，事业正蓬勃。是有先兆的罢，一些日子，他看东西模糊，眼前总觉有云遮雾挡着。他没太在意，简单地休息后，又投入到紧张的工作中。妻子劝他适当放松一下，他说："事情这么多，哪里能歇下来？

商场如同战场啊，你比别人少走一步，也许你就被淘汰了。"

那一天，他照例在电脑前忙碌着，眼前突然黑下来，什么也看不见了。他以为是错觉，使劲地晃晃头，闭着眼等了会儿，再睁开眼，眼前仍是黑乎乎一片。

医生的诊断，像给他判了终身监禁。医生说，视网膜严重脱落导致的失明。能不能恢复，难说。

本是个生龙活虎的人，一下子两眼一抹黑，时光如何安度？试着出门透口气，一步一步小心地寸着走，还是撞到了门框上。那一刻，他的心，疼得痉挛成一团。他躺在一个人的黑暗里，绝望地想，这个斑斓的世界，从此只他是个陌生人。

庭前白月光。妻子说："月亮升上来了。"他头转向窗外，问："月亮很美吧？"问完，却黯然神伤：月亮当然很美，可是，多少年没抬头看一看了？童年的天井里，他和母亲，坐在月下，母亲给他讲嫦娥奔月的故事。小小的人，仰头望天上的月，相信那里真的有月宫。他问母亲："我能飞到月亮上去吗？"母亲笑笑说："等你长大了，就能。"他努力想母亲的样子，竟是隔岸的烟雨，雾茫茫一片。他忽略母亲，实在太久太久了。

母亲却不远千里奔来，握了他的手安慰："我的儿命大福大，不会有事的，一切都会好起来的。"他囫囵欲睡时，听见母亲在走廊上跟医生说话，母亲的声音里，带着哀求，母亲说："可以把我的眼角膜换给我儿子吗？"

他的泪，滚滚而下。他开始积极配合治疗。他知道，这世上，一个人的命，不但是他自己的，也是亲人的。

那是一个寻常天，他失明已一年多了。他坐在医院的花坛前散心，突然看见地上有一些小黑点在动，他觉得那是蚂蚁。可他不敢确定，他哪里会看到蚂蚁呢？他已与蚂蚁们隔绝太久。刚好有一个人经过，他拖住那人，指着地上，声音颤抖地问："那是蚂蚁吗？"那人奇怪地看看他，看看地上，说："是蚂蚁啊，咋的啦？"

那一刻，他只听见心在狂跳，天哪，我看见了蚂蚁！他掏出手机，按半天才把一串数字键按好，他语无伦次地告诉亲朋："我看见蚂蚁了！"

他是幸运的，他复明了。余生也长，他不再把工作当作生命的全部，因为生命中，还有更重要的事要做，他要陪妻子去十三陵，要陪儿子打乒乓球，要陪母亲说话。他还要留点时间给自己，好好看看天，看看地，看看蚂蚁。

@ 微心语

放缓生命的节奏，让疲惫的生命获得一点缓冲，体验生命的充盈与沉实。

月亮像月亮

阳阳是我邻居的女儿，四岁，有一双圆溜溜的眼，很小人精的样子。

小区修葺花园，运来一堆沙。阳阳可找到乐子了，守着一堆沙，一玩就是大半天。她不辞辛苦地把沙子装进一个小颈的瓶子里，再倒出来。再装，再倒。或者，抓起一把沙子，随手一扬。沙子飘落，灌她一头一身。她的笑声，也跟着跌落。

我在一边看着好笑，问她，阳阳，这沙子有什么好玩的？

她头也不抬地答，好玩就是好玩呗。继续玩得不亦乐乎，把沙子装进瓶子里，再倒出来。再装，再倒。碎碎的阳光，金粉一样的，铺她一身，她是淹在金粉里的孩子。

看着她，怔怔想，从前的自己，也是这般无忧着的吧？玩泥巴、捉蜻蜓，把捡来的石子当作宝贝，塞满裤兜。

在孩子的眼睛里，这世上的一切，原都是充满生机充满乐趣的，所以，快乐无处不在。只是，从哪一天起，这些快乐离我们越来越远，直至，看不见了？

阳阳喜欢唱歌，一天到晚，她的嘴里，都在哼哼唧唧地唱着。有时唱得兴起了，还伴以一些动作，手也舞足也蹈的。一次，我认真听她唱歌，却一句也没听懂。

笑问她，阳阳，你唱的是什么歌呢？

她奇怪地看我一眼，说，我唱的是我自己的歌啊。

她继续唱，对着一盆盛开的茶花唱，对着窗前飞过的鸟儿唱，对着天空唱，对着自己的玩具唱。甚至，对着一面墙壁唱。神情专注，姿势投入。

每个孩子的心里，原都装满了属于自己的歌。你若路过，不妨聆听。那种天籁之音，从前的你，也有，也有啊。可是，什么时候你把它搞丢了呢？

一个月朗星稀的夜晚，我和邻居，带着阳阳一起在小区散步。天空真是明净，黛青色的天幕上，只缀着一个月亮，像画上去似的。清风徐徐，这样的夜晚，适合抒情。我的脑子里，很是应景地蹦出这样的诗句来："月出皎兮，佼人僚兮。舒窈纠兮，劳心悄兮。"古人远比今人浪漫，他们的情感，是从自然里生长出来的，看到月亮，自然联想到月下美人，想得心里爬满忧伤——不能相见的苦。

阳阳在我们前面蹦蹦跳跳，像一只快乐的小鹿。月色浮动，四野澄明。我把她捉住，指着天上的月亮问她，阳阳，你看，天上的月亮像什么?

我猜她会脆生生背出"小时不识月,呼作白玉盘"之类的诗来,她念过这样的诗。谁知这小人儿抬头看了看天空,认真地地告诉我,月亮像月亮啊。

月亮像月亮,多么恰当的比喻!我被一个孩子折服。古今中外,那么多优美的描写月亮的诗句,都没有这一句来得真,来得美。可不是吗,月亮若不像月亮,它还能像别的什么呢?人生抛却了那么多的弯,还原成最初真实的模样,你就是你,我就是我,月亮就是月亮。

@ 微心语

真实是生命的一种本能,是心灵的一种习性,是人格的一种色彩,别让外在模糊了你的视线,失去了世界应有的真实。

日子总要往前过的

　　姐姐的孩子，是在元月初查出患了眼疾的。起初孩子一直嚷嚷着，说看不清黑板。我们都以为孩子的眼睛近视了。姐姐就带孩子去验光，给孩子配了一副近两千元的眼镜。掏钱的那会儿，姐姐眼睛眨都没眨一下，豪气得很。这委实让我吃一惊，我说："用得着这么贵吗？普通的眼镜，也照样用啊。"姐姐说："要配就配个最好的，只要对丫头好，这个钱，我舍得花。"

　　姐姐不是个用钱大方的人。那钱，是她养蚕种地，一分一分攒出来的。上街给自己买鞋，大街小巷转一圈，最后买了双十块钱的，塑料底，硬硬的。姐姐说，她在家里干活，用不着穿多好，穿那样的，足够了。最冷的天，她一直想买件羽绒服，走进商场摸摸这件，抚抚那件，瞅瞅标价，嫌贵，最终没舍得买。

　　丫头是她的全部希望。她常笑言，老来得子，哪能不宝贝？姐姐是年近三十才生下丫头的，在偏远的农村，算是大龄了。

当时难产，折腾两天两夜，差点没要了姐姐的命。生下后又少奶，天天夜里起来泡奶粉。这样一路艰辛，把孩子养大了，姐姐以为，苦尽甘来了。

日子也真的望得见欣欣向荣：新砌了楼房，大大的庭院，收藏着每一缕阳光。丫头也顺风顺水地成长起来，粉妆玉琢，且成绩不错，还在班上做了班长。未来似锦缎，随手一摸，都滑溜溜直往心里去。姐姐的梦想，像极了一枝鲜艳饱满的花朵，里面裹着的，是她这一生的寄托和幸福。然而这枝花朵，尚未来得及盛开，就被狂风折断。孩子的视力越来越差，眼前云遮雾挡的。我们以为是眼镜配得不行，碰上伪劣商品了。姐姐特地抽空，两次进城，找验光师傅重新验光，都没找出眼镜的毛病。这才想到，许是孩子的眼睛有病。送孩子去医院检查。医生惋惜得直摇头，说是青光眼，已相当严重了。这一摇头，直把姐姐的心，摇落下去，落到无底的深渊里。姐姐逢人便问："青光眼是啥病啊，为什么偏偏落到我家丫头身上啊？"

我在电脑上搜索青光眼的资料，姐姐站在一边看，一行字没看完，眼泪已成串成串往下淌。她一个劲责怪自己："都怪我糊涂，没早点送丫头看病。"我们安慰她："哪能怪你，这是谁也想不到的病啊。"她还是不能原谅自己，哭着说："为什么不让我的眼睛瞎掉，而要伤我的丫头。"一转身，在孩子面前却强装欢笑，轻描淡写地说："丫头，没事的，小毛病，去治疗一下就好了。"

孩子休学了，一趟一趟跑上海，看专家门诊。专家门诊人多，凌晨就必须守在医院门口排号。姐姐为此一夜不睡。冬夜寒冷且漫长，偏逢天下雨，医院狭小的屋檐，遮不了雨，但为了孩子能及时看上病，姐姐硬是不肯移了步去躲雨。等早晨医院开门，她浑身已湿透，却因拿到排在前面的号，欢喜不已，电话告诉我："这下子好了，丫头看上专家了。"

专家摇头，说只能试着治，要想恢复到以前的视力，是不可能的了。有一只眼睛因眼压过高，已近乎失明，不得不动了手术。姐姐几乎一夜之间苍老下去，也不过四十才出头的人，看上去，像五十多。

姐姐说："不管我吃多大的苦，我都不怕，只要我的丫头能好好的。"姐姐于是满世界去求偏方，一听说哪里有偏方，对治眼病有益，她立马找了去。收效却甚微，因为青光眼是终身病，要根除，除非出现奇迹。

回老家看姐姐。姐姐正用沸水给丫头的洗脸毛巾消毒。她新买了 CD 机，丫头眼睛不能多看，就让丫头多听，听歌，听朗诵，听英语。姐姐看一眼在音乐里蹦跳的丫头，说："已经这样了，总强过那些得了绝症的。我现在也不去想将来，路总得往下走，日子总要往前过的，努力过着吧。"姐姐说这些时，脸色平静，甚至还冲我笑了笑。

@ 微心语

　　人生要学会忘记，不要让担忧、恐惧、焦虑和遗憾
消耗你的记忆，你的精力应该属于创造中的未来。

老人与花

　　老人种了一些花，在屋角后。

　　老人的屋后，是一条东西横亘的小径，小区里的人，出出进进，都从那里过。

　　老式小区，居住简陋。小径两旁，多的是搁空的地方，少有人管理，任由杂草什么的自由生长，这儿牵一串野葛藤，那儿趴一堆儿婆婆纳。唯有老人的屋后，四季明艳，色彩缤纷。

　　我每从那儿走过，眼光都会不由自主落到那些花上面。月季是天天见着的，花朵儿硕大丰腴，一株橘红，一株明黄。还有一株，乳白色的，花瓣儿如凝脂。饱食终日的好模样。四五月份，老人的屋后，是鸢尾花的天下，蝴蝶一样的鸢尾花，扑着紫色的翅膀，在人的心中，扇动一圈一圈的温柔。到了七八月份，凤仙花和太阳花，你追我赶地盛开了，占尽颜色。

　　现在呢？秋渐凉，树上的叶，随着晚来的风，一片一片落。

懒婆娘花和一串红，却正当好年华。它们不分彼此地缠绵在一起，粉红配大红。最是傍晚时分，懒婆娘花精神焕发地登场了，叭叭叭，一朵一朵粉色的花朵，吹吹打打地开了，热闹无限。你站定在它旁边，仿佛就听到它的欢笑，叮叮当当。还有什么不愉快的事，值得牵肠挂肚的？你最好向一朵花学习，快乐地绽放才是最重要的，其他的，都可以忽略不计。空气中，溢满懒婆娘花的香，一串红的甜，秋凉的黄昏，亲切起来温馨起来。

这个时候，老人必在。老人衣着整洁，头上灰白的发，捯得纹丝不乱。他在那些花跟前，弯下腰去，一朵一朵细细查看，眉眼里，盛着笑意。他很满意这些花如此欢欢地开，而花，因了他的注目，更显明艳。夕阳的尾巴，拉得长长的，在老人身上，在花身上，印下一道一道金色光芒。自然是有感知的，懂得感恩，无论是一株草，还是一朵花，你施予它关爱的恩泽，它回报你的，必是倾尽全力的蓬勃。

路过的人，会停下脚步看一会儿花，微笑着和老人打招呼：

"陈爹，赏花哪？"

"嗯，来看看，它们开得多好啊。"

"是陈爹你照料得好啊。"

"呵呵。"

"呵呵。"

人的声音去远了，老人还待在那些花旁边。直到夜色四合，花与暮色，融为一体。

　　某天，我被懒婆娘花牵了去，用手机给它们拍照。老人突然站在我身后，老人问："好看吧？"我答："嗯，好看。"老人说："知道它叫什么名字吗？"我说："懒婆娘花呗。"老人笑了："它可一点不懒，它还有个名字呢，叫胭脂花。"被这个名字惊艳，再定睛细看，可不是嘛，一朵一朵粉色花朵，像胭脂涂腮旁。老人得意，背了双手，围着花转。他孩子般的明净，动人心魄。

　　一日，突然听人谈起这个老人，是个退休老师，老伴早去，唯一的儿子，也在前年病死。而他自己，因患眼疾，失明已近十年了。

@微心语

　　有一种心态叫乐观，有一种美丽叫奉献。一颗纯净的心保持对世界、对他人的关怀，对自己是漫长的灵魂洗礼，对他人是温暖的幸福沐浴。

给心灵放一次假

近些年来，有一个词频频出现，这个词叫"过劳死"。这个词出现的背后，有无数灵魂，如夭折的花朵，春天还没过完，它们就凋落在碧绿的枝头，让人徒增无尽伤感。

画家兼导演陈逸飞应算一个。五十九岁，算不上年老吧，还是神采飞扬的一个人。却因过分追求完美，让生命戛然而止在春天。是在《理发师》的拍摄现场，他第一次胃出血，不得不暂时离开，回上海诊治。医生给他采取了止血措施后，发出死亡警告，他不顾医生劝阻，执意回到拍摄现场。这一走，生命再无挽回的可能。当初的当初，假如他能稍稍放手，给自己的心灵放一次假，现在，他的生命，又该呈现怎样的模样？他应还是神采飞扬着的吧？可惜，人生没有假如。

小时的梦想，只要有好衣裳穿有白米饭吃，就是天堂。长大了，有了好衣裳有了白米饭，却向往别墅、洋房和豪车。欲望无止境，总是追赶着我们，马不停蹄地一路向前，向前。累了，倦了，失望了，灰心了……人生到底怎样才算完美？岁月迢迢，我们迷失得不知所终。两岸的花开过去，我们错失了多少花期？一个世界的姹紫嫣红，都仿佛与我们无关。却在暗夜里，百转千回地烦恼，幸福怎么总是遥不可及？是幸福太遥远吗？如果我们降低欲望，让欲望齐肩高，我们一伸手就能握到，我们的人生，又是怎样一番景象？

朋友宇，在商海里打拼多年，积下资产过千万，却患上严重的抑郁症。他说，没钱的时候，想钱，有了钱，这心里却空落落的。是他乡下的母亲，拯救了他。母亲说，儿啊，回家来看看，你小时爬过的树还在，你小时摸过鱼的河还在。

朋友回了家。在乡下洒满金粉的黄昏里，他给我打来电话，语气里的兴奋，多得冒着泡儿。他说，你听你听，这鸟叫。电话里，叽叽喳喳的，果是一片鸟叫声。朋友快乐地告诉我，乡下的黄昏，是鸟儿的天下，听着这么多的鸟儿叫，他觉得活着，实在是件极有意思的事。

我笑。放弃与得到，是这样的相背离又是相互纠缠着。懂得适度放手，我们才能听到鸟儿叫，才能感受到花开的悸动、风吹的清香、月照的清朗……生命中，原是有那么多好的风景，等着我们去看。

佛家语，菩提本无树，明镜亦非台。本来无一物，何处惹尘埃。诸多的放不开、丢不下，使我们的心灵日益蒙上厚厚的尘埃，我们活得沉重而彷徨。为什么不试着给心灵放一次假呢？看看书，听听音乐，让四肢沐浴在温暖的阳光下。或者远足，去与自然亲近，听风吹过耳际，看云飘过天空……

我想起因纽特人来，他们总是活得简单而快乐，把一天当作一辈子，从来没有年龄概念。你若问他们多大，他们多半会说不知道。问急了，他们则答：一天。在他们眼里，每天晚上睡着，就是死去；每天清晨醒来，就是复活，他们因这样的复活，而欣喜万分。

@ 微心语

把一天当作一辈子，人生便多了很多轮回，也就多了许多新生的快乐。给心灵放一次假，珍惜活着的每一天，才是我们当下要做的事。

我为什么快乐

你为什么快乐？这个问题，经常被一些朋友拿来问我。

在回答这个问题前，请允许我先讲一个故事：一个长得很丑的女孩，常被别人取笑她长得丑，她因此活得很自卑，不敢出门见人。一天，她偶遇一佛祖，佛祖吃简单的饭菜，穿粗布衣裳，住简陋的地方。女孩以为清苦极了，却在佛祖的脸上，看到安然与满足。她不解地问佛祖，佛祖，你为什么快乐？

佛祖笑着反问她，我吃得下睡得着，我为什么不快乐？

女孩突然明白了，快乐原是握在自己手中的，她活她自己的，没有必要替别人的取笑买单。她不再在意别人异样的眼光，不再在乎别人的嘲弄与讽刺，大大方方地出入一些场合，笑得阳光灿烂。渐渐地，她成了受欢迎的人，她拥有了很多朋友，她的长相被人忽略，大家记住的，是她的乐观和开朗。

从这个故事里，可以弄清一个问题：你是为自己活，还是为别人活。若是为别人活,那么,我要告诉你,你永远别想获得真正的快乐。因为,你不可能讨得人人的喜欢,你合了 A 的口味,难免会让 B 看不惯。你如了 B 的愿,C 又不答应了。你整天在他们之间权衡,奔波折腾,何苦来哉?

还是老老实实做自己吧。你若是只橘子,就注定成不了苹果。你若是根香蕉,就注定成不了梨子。那你还苦恼什么?就好好做你的橘子,做你的香蕉吧。橘子有橘子的甜,苹果有苹果的香,香蕉有香蕉的软,梨子有梨子的脆,在很多时候,实在不能比出谁更优越于谁。

有记者采访一个活到一百零三岁的老人,询问他的长寿秘诀,老人的回答只有四个字:保持快乐。

记者讶然,追问,生活中,您难道没遇到过不如意吗?

老人淡淡地笑,目光放逐得很远很远,仿佛穿透了几个世纪似的。

旁有人悄悄告诉记者,老人一生经历了战争,经历了饥荒,经历了动乱。他所遇到的不如意,能装满满一卡车的。

记者动容。老人的脸上,却微波不兴。老人喃喃地说,快乐地过是一天,不快乐地过也是一天,日子就要看你怎么过。

生活丢给我们两个选项,一是快乐,一是不快乐。你选择了快乐,你就选择了阳光,选择了温暖。你会看到花开,听到鸟叫,你会在凡来尘往中,感受到活着的喜悦。即使遇到一些坎坷一些挫折,你也能乐观地面对。因为你知道,唯有快乐,才能减轻生活附加给你的疼痛，坚持一下，再坚持一下，或许就能等来云开日出的那一天。相反，如果你选择了不快乐，整天自怨自艾，你的耳朵将会失聪，你的眼睛将会失明，你看不到花花绿绿的好，你听不到流水和清风的欢唱。你的世界，布满阴霾，你活得消极又沉闷，生的乐趣，将被你一点一点活埋了。

现在，我可以告诉你了，我为什么快乐。那是因为我别无选择，除了选择快乐。

@ 微心语

日出东海落西山，愁也一天，乐也一天。保持一颗快乐的心，人也舒坦，心也舒坦。

与自己和解

一只瓢虫，爬上我的书桌。我用一本书去挡它的道，它稍稍愣了会儿，仿佛有点纳闷。而后它伸出触角，小心地碰了碰那本书，那本书对于小小的它来说，无异于一座山丘。

我以为它要一往无前的，然它放弃了。它果断地转身，向着别处爬去。我又用书去挡，它诧异地停下，重复先前的动作，用触角去碰那本书。等它确信，它不能推翻掉那本书时，它突然扇动翅膀，飞到近处的窗帘上。窗帘的柔软，让它觉得舒适，它稍事休息，又继续它的愉快之旅。我把窗子拉开一条缝，很快，它从那条缝隙里，爬出去了，它回到了它的自然里。

我在心里祝福了这只瓢虫，它很聪明，懂得适时放手，与自己和解。

我们人，有时却不及一只瓢虫。

认识一个叫荷的女子，才华横溢，写一手好文章，漫画也画得极有特色，是一家出版公司的图书策划编辑。出色的才干，让她很快脱颖而出，成了那家出版公司的顶梁柱。白天，她奔赴一家又一家的图书市场，搞调研，写策划方案。晚上，她一头埋进约稿堆里，写作，画漫画。常常她的文章写完了，漫画画好了，窗外的天空，已发白。

"累，真累。"这几乎成了她的口头禅。她的日子里，仿佛覆盖着一场又一场大雾，茫茫复茫茫，无尽头。她没有时间完完整整地听一支曲子，没有闲情去看一部电影。更遑论听听花开的声音，看看云飘的样子，她甚至没有时间，好好谈一场恋爱。

也知道这样的日子，过得很不是滋味，整天憔悴着一张脸，未老先衰，却不能停下奔跑的脚步，"我一天不努力，也许就被别人甩得远远的了。"她说。

重重压力之下，她变得越来越不快乐，最后，竟患上了严重的抑郁症。一天，她乘人不备，跳了楼。

惋惜！那些文章，她完全可以少写一些；那些漫画，她完全可以少画一点。生命之弦，原有它承载的极限和底线，绷得过紧，势必弦断。

朋友倩也曾是个十分要强的人。她经营一家大型超市，事必躬亲，事无巨细，常常累得人仰马翻，心情烦躁。直到有一天，四岁的女儿哭着对她说："你不是我妈妈。"她大惊失色，忙问为什么。女儿答："小朋友的妈妈，都陪小朋友玩，你从来没有陪我玩过。"

倩的心，像被一把锐器划过，尖利利的疼。那天，她放下手头一切工作，带女儿去逛公园，陪女儿去吃必胜客，她们一直玩到很晚才回家。月亮升起来了，皎洁圆润，她和女儿头挨头地在一起看月亮。女儿摸着她的脸，稚嫩的声音，把她的心泡软，女儿说："妈妈，你的脸像月亮，我好喜欢呀。"倩的眼睛湿了，那一刻，她忽然明白了，她想要的生活是什么。钱永远赚不完的，而与女儿的相守，每一分每一秒，都是难能可贵、不可再生的。

从此后，倩放缓了前行的脚步，主动与自己达成和解。她告诉我，现在她每天都去幼儿园接女儿。当她牵着女儿的小手，从一棵一棵的梧桐树下走过，从大朵大朵的美人蕉旁走过，小麻雀们排着队在树上唱歌，她嗅到了幸福的味道，浓烈的，花香般的。

@ 微心语

　　终日行色匆匆奔走于人潮汹涌的街头，还是给自己找一个放缓脚步或冷静驻足的理由吧，倾听内心的声音，重拾生活的优雅，享受恬静的人生。

不 舍 得

九月的小雏菊，开得呼啦啦的时候，我的一个同事，突然从一幢高达二十二层的楼上，纵身跳下。

所有人都蒙了。因为他一向开朗热情，待人谦和，有嘹亮的歌喉，亦写得一手好文章，是大家公认的才子。却因心中某个结没解开，他竟抛下十二岁的儿子和柔弱的妻子，自管自地，飘然远走。他走后好长时间，我的眼前，还纷飞着他儿子的眼泪，妻子的眼泪。他们一生的悲伤，谁来承接？

后来，我去新建的市民广场，站那儿，可以遥望到他的家。广场上灯光璀璨，灿若白昼。喷泉随着音乐，不断变换出各种各样的图案——水在跳舞，水在开花。孩子们在水雾中，快乐地穿过来，穿过去。不远处的水上电影，更是吸引了一大批市民，他们围坐在湖边，人声鼎沸。

还有放许愿灯的。一盏盏，飘上天空。起初像一朵硕大的花，在头顶上开着。渐渐地，飘远了，飘成行走的星星。夜幕下，只望见一点红，直至，完全被夜色淹没。多少的祝愿和美好，撒落四方。

我倚着一座桥的桥栏，看着桥下被灯光染得五颜六色的流水想，若是我的同事还活着，这会儿，他一定也会领着他的妻子儿子来，给他们买上一盏许愿灯。这人群里的欢乐，也有他们一份。

他走了，他把他们的欢乐也给带走了。

读一段社会新闻，读得意难平。一对年轻夫妻，因琐事吵嘴，吵着吵着，两个人都自觉没活头了，一个负气跳了楼，另一个负气上了吊。可怜他们二十个月大的孩子，懵懂无知地站在一边，一声一声叫着，爸爸，妈妈。稚嫩的声音，让人心酸。从此的凄风苦雨，谁来与他遮挡？还有，巨大的阴影，该笼罩这个孩子一生吧。

患绝症的朋友，给我上了有关生命的另一课。肝癌，晚期，治愈率几乎无，但朋友却坚信会有奇迹发生。"我怎么舍得走呢？我还要陪着女儿长大，还要看着她出嫁的。"他爽朗地笑，拼命把一只鸭梨吃下去。

这是盼活。他挨过一年，再一年，到第三年，才走了。比医生宣布的生命极限，整整多出了两年半。在这两年半的时间里，他看着小女儿，由幼儿园的小朋友，成为一名小学生。他辅导妻子，考上了公务员。他在房前屋后，栽满了花花草草。

因为不舍，他以另一种方式，永远活着。

跟我家那人聊到生死。我说，除非是意外灾难，我无法避免，否则，我不会轻易丢掉性命，我爱这个世界，我爱我自己。

是的，我爱。你看，花开得还是那么好，雏菊、蜡梅、水仙花，缤纷；你看，树的叶，又一点一点冒出来，春天就在不远处；你听，尘世中的一些声音，每天在响：荒货，荒货，可有荒货卖哦——串街走巷，为生存计，辗转奔波。芸芸众生，凡来尘往，有时，会催出我的泪来。这鲜活着的一切，叫我如何舍得？

@ 微心语

人性中最本质的美，就是对生命的热爱。天堂和地狱仅有一念之差，这一念就存在于对生命的热爱。

我认识的那些人

　　我认识菜场那个卖菜的大妈，她每天提着篮子，守在菜场边上卖菜。她的老伴前些年去世了，她一个人度日，并不见愁苦。她指着篮子里的菜，很是自得地说，都是我自个儿种的。有时青菜，有时韭菜，有时萝卜，有时还卖葱。我向她买的次数多了，她把我当自家人，追着我要送我葱。我不要。她说："傻孩子，葱用油一炸，炒菜很香的。"我当然知道很香，可我不能白要她的东西呀。为了报答，有时不要买青菜，我也拐去她那儿，买上一小把。我乐意这样做，乐意看着她朴实的笑容，想想我在乡下的母亲。

　　我认识菜场拐角处那对炒瓜子的山东夫妇。夫妇俩个头差不多，一样的黑脸庞，一样的憨厚和壮实。甚至连说话的样子，也极像。有人说，夫妻待久了，像兄妹。还真是。他们带着一个孩子，两三岁的样子，满地走。大锅子架在炭火上，锅里一锅的葵花子，男人甩开膀子炒，女人在一边帮着用筛子筛。后来，我看他们新添了一台炒瓜子的机器，再炒瓜子，省力多了。他们的生意相当不错，男人称秤，女人装袋收钱，临了总送上憨憨的一笑："走好啊。"听得人心里暖暖的。

过年脚下，他们的生意最忙。问他们回家过年不？他们淡淡地答："等淡季再回吧。"复又笑着补充："一家人都在，在哪儿过年都一样的。"夏天的时候，不见了他们，估计他们回老家了。他们卖瓜子搭的架子还在，走过那儿时，我会不经意地想一想他们，想他们在山东老家，正干什么呢，种蔬菜？种葵花？我知道，秋深的时候，他们一家三口，会再远足过来，摆摊卖瓜子。

卖水果的女人，摊子摆在巷头。皮肤黝黑，身材瘦小，看不出她的实际年龄，或许四十，或许五十。每天凌晨四五点，她就要去郊区的水果批发市场批发水果，然后拉过来摆摊子。这一待，得待到晚上八九点，才收摊回家。她的儿子却不学好，书不好好念，高中没念完，辍学了，整天跟一帮小混混后面鬼混。她的眼泪没少流，见人就叹气，唉，养了个不肖子。一天，我去买水果，她突然欣喜地告诉我："老师，我儿子找到工作了，他在一家饭店里做帮厨，他现在，开始懂事了。"女人笑着说着，说着笑着，快乐藏也藏不住。我走时，她执意要多送我两个苹果，我收下了。母亲的要求，从来都是很浅很低。母亲的幸福，从来都是极容易得到满足。

蹬三轮车的那个中年男人，我也认识。他常常把车子停在我们的学校门口，等客。从乡下来看孩子的家长，每天都有那么几个。他有时戴一顶蓝色帽子，有时戴一顶白色的。车子上，还别出心裁地悬一小灯笼，很喜气。无客的时候，他坐在车上，翻看一些报纸。有天放学，我路过，他叫住我："老师，你看，这个资料有用吗？"我凑近一看，是一份时政测试题。他笑着解释："我儿子明年要参加高考了，他选的文科，我得先替他留意着。"我看着他，感动，觉得他的伟大，一个平凡父亲的伟大。

我还认识，住在我楼下的老两口。老爷子脾气古怪些，看见人，不苟言笑。据说，他原先做过一个学校的校长。老太太性格刚好与他相反，看见人，远远就招呼，无论大人，无论小孩。声音嘎嘣嘎嘣的，脆得很，热情洋溢。他们在路上走，一般老爷子在前，老太太在后，距离拉得老远，一个威严着一张脸，一个笑容可掬。我常奇怪这两个人，怎么相处一生的。一日，我在阳台上晾衣服，随意往楼下看了看，刚好看到他们在院子里，老太太坐在椅子上，老爷子戴着老花眼镜，蹲在一边，正帮她剪手指甲呢。风趣的笑声，琅琅的。我很意外，甚至吃惊起来，啊，他也是会笑的。他的笑与风趣，专门给她一个人留着。

更多的时候，在他们的小院子里，我望见的是一些晒着的东西，鞋，衣裳，书籍。有次还看到，白花花的阳光下，晾了一院子的雪里蕻。那上面，有她的温度，有他的温度，那是一辈子相依的温度。

@ 微心语

　　自古平凡写春秋，生活的真谛存在于琐碎的细微生活与如常的日月轮回中。山的雄奇天的高远，只是遥远的崇高，无法给予我们太多的生活感悟。

女人如花

她居然叫如花，王如花。别人唤她："如花，如花。"乍听之下，以为定是个有着闭月羞花之貌的小女子。而事实上，她快五十岁了，人长得粗壮结实，脸上沟壑纵横。

最感染人的是她的笑，笑声琅琅，几里外可闻。我最初是因她的笑注意到她的，一群人中，她的笑，如金属相叩，叮叮当当。

门楣儿不惹眼，是一间旧房子，上悬一块木牌：家政服务中心。一屋的人，不知说起什么好笑的事，惹得她笑得上气不接下气。看到我在看她，她的笑并未停住，而是带着笑问："小妹子，你需要什么服务？"说话间，她已掏出她的名片，递到我跟前。

这委实让我吃一惊。低头看她的名片，"王如花"三个字，醒目得很。底子上印一朵硕大的红牡丹，开得喜笑颜开。背面的字，密密的，从做家务活到做护理，她一一道来，似乎样样精通。当得知我只是需要清洁房子时，她手臂有力地一挥，爽朗地笑着说："这事儿简单，包在我身上，我保管帮你把房子打扫得连颗灰尘粒儿也找不着。"

当日，她就带了两个女人到了我家。一个年纪轻的，她说是她侄女，大学毕业了一直没找到工作。"干这个也挺好的，小妹子你说是不是？"她笑着问我。一个年纪稍大一些的，她说是她妹妹。"在家闲着也闲着，我让她来搭搭手。"她乐呵呵地说。

我看看楼上楼下，这么大的地方，我充满疑虑，我说："你们行吗？"王如花哈哈大笑起来，她说："小妹子，你放心吧，我说行。"

她果真行。不到半天时间，我家里已大变样，窗明几净，地板光鉴照人。她额上沁满汗珠，笑声却一直没停过。她说："小妹子，我说个笑话你听啊，有次有个男人，打电话到我们家政服务中心，让人把煤气罐从楼下扛到他家住的六楼去。我去了，那男人一看是我，不乐意了，说，咋不叫个男的来？我说，我先试试。我扛了煤气罐就上了楼，他单身人跟后面追都追不上。"

跟我说起她的故事来，她也一直笑着。男人因病瘫痪在床，都十多年了。唯一的儿子，跟了人学坏，被判刑入狱，现在还待在牢里。她去探监，跟儿子说了这样一句，儿子，妈妈会陪你重活一次，就当重生养你一回。说得儿子眼泪汪汪。

她说："小妹子，我儿子会学好的。"

她说:"只要人在,日子会好起来的。"

我点头,我说:"我信。"

她的活干得利索,收费也公道。结完账,我把清理出的一堆废报刊,送给了她。她很开心,冲我朗声笑道:"小妹子,以后你家里有事需要我,你只要打我名片上的电话,我保管随叫随到。一回生,二回熟,我们以后就是老朋友了。"

我因她那句老朋友的话,独自莞尔良久。

小城不大,竟常遇到王如花。遇到时,她老远就送上琅琅的笑来,热情地跟我打招呼。有时,我在前面走着,突然听到后面的人群里,有人叫:"如花,如花。"而后,我听到一阵笑声,如金属相叩,叮叮当当。不用回头,我知道那准是王如花。

@ 微心语

笑靥如花,真情如花,希望如花,生命亦如花。一切如花,花如一切。佛祖拈花而迦叶微笑,这一笑,便是整个世界。

住在自己的美好里

一只鸟，蹲在楼后的杉树上，我在水池边洗碗的时候，听见它在唱歌。我在洗衣间洗衣的时候，听见它在唱歌。我泡了一杯茶，捧在手上恍惚的时候，听见它在唱歌。它唱得欢快极了，一会儿变换一种腔调，长曲变短曲。我问他："什么鸟儿呢?"他探头窗外，看一眼说："野鹦鹉吧。"

春天，杉树的绿来得晚，其他植物早已绿得蓬勃，叶在风中招惹得春风醉。杉树们还是一副大睡未醒的样子，沉在自己的梦境里，光秃秃的枝丫上，春光了无痕。这只鸟儿才不管这些呢，它自管自地蹲在杉树上，把日子唱得一派明媚。偶有过路的鸟雀来，花喜鹊，或是小麻雀，它们都是耐不住寂寞的，叽叽喳喳一番，就又飞到更热闹的地方去了。唯独它，仿佛负了某项使命似的，守着这些杉树，不停地唱啊唱，一定要把杉树唤醒。

那些杉树，都有五六层楼房高，主干笔直地指向天空。据说，当年栽植它们的是一个学校的校长，他领了一批孩子来，把树苗一棵一棵栽下去。一年又一年，春去春又回，杉树长高了，长粗了。校长却老了，走了。这里的建筑拆掉一批，又重建一批，竟没有人碰过它们，它们完好无损地，甚或是无忧无虑地生长着。

我走过那些杉树旁，会想一想那个校长的样子。我没见过他，连照片也没有。我在心里勾画着我想象中的形象：清瘦，矍铄，戴金边眼镜，文质彬彬。过去的文人，大抵这个模样。我在碧蓝的天空下笑，在鸟儿的欢叫声中笑，一些人走远了，却把气息留下来，你自觉也好，不自觉也好，你会处处感觉到他的存在。

鸟儿从这棵杉树上，跳到那棵杉树上。楼后有老妇人，一边洗着一个咸菜坛子，一边仰了脸冲树顶说话："你叫什么叫呀，乐什么呢！"鸟不理她，继续它的欢唱。老妇人再仰头看一会儿，独自笑了。飒飒秋风里，我曾看见她在一架扁豆花下读书，书摊在膝上，她读得很吃力，用手指着书，一字一字往前挪，念念有声。那样的画面，安宁、静谧。夕阳无限好。

某天，突然听她的邻居在我耳边私语，说那个老妇人神经有些不正常。"不信，你走近了瞧，她的书，十有八九是倒着拿的，她根本不识字。不过，她死掉的老头子，以前倒是很有学问的。"

听了，有些惊诧。再走过她时，我仔细看她，却看不出半点感伤。她衣着整洁，头发已灰白，却像个小姑娘似的，梳成两只小辫，活泼地搭在肩上。她抬头冲我笑一笑，继续埋头做她的事，看书，或在空地上打理一些花草。

我蹲下去看她的花。一排的鸢尾花，开得像紫蝴蝶舞蹁跹。而在那一大丛鸢尾花下，我惊奇地发现了一种小野花，不过米粒大小。它们安静地盛放着，粉蓝粉蓝的，模样动人。我想起不知在哪儿看到的一句话：你知道它时，它开着花，你不知道它时，它依然开着花。是的是的，它住在自己的美好里。亦如那只鸟儿，亦如那个老妇人，亦如这个尘世中，我所不知道的那些默默无闻的生命。

@微心语

住在自己的美好里，记忆依偎着你，友谊温暖着你，往事伤感着你，拥抱自己的世界，生命是如此美好。

爱与哀愁

养过两条小金鱼，一红一白，像两朵小花，在水里开。

为这两条小金鱼，我特地买了一只漂亮的鱼缸。还不辞十来里，去城郊的河里，捞得鲜嫩的水草几根，放进鱼缸里。

专买的鱼食，放在随手可取的地方。一有闲暇，我就伏在鱼缸前，一边给它们喂食，一边不错眼珠地看它们。它们的红身子白身子，穿行于绿绿的水草间，如善舞的伶人，长袖飘飘于舞台上，煞是动人。

某天清晨，我起床去看它们，却发现它们翻着肚皮，死了。鱼缸静穆，水草静穆。我难过了很久。朋友得知，笑我："它们是被你的爱害死的。"原来，给鱼喂食不能太勤，太勤了，会撑死它们。怅然。从此，不再养鱼。

后来，我又养过一盆名贵的花。剑兰，花朵橘红，叶柄如剑。装它的盆子也好看，奶白的底子上，拓印一朵兰花。一眼看中，目光再难他移。兴兴地把它捧回家，当作珍宝，日日勤浇水。不几日，花竟萎了，先是花苞儿未开先谢，后是叶片儿一点一点发黄、卷起，直至整株花腐烂。伤心不已，不明白，我这么爱它啊。还是朋友一语道破天机："你浇水浇得太勤了，花给淹死了。"

自此，我亦不再养花。自知自己是个无法把握爱的尺度的人，爱有几分，哀愁就有几分。如同年轻时的一场恋爱。

那时，满心里装着他，吃饭时，想他爱吃的。买衣时，想他爱穿的。即便是随便看到一朵花开，也想着他，恨不得采了带给他。相处的过程，却不全是欢愉，他常常眉头紧锁，充满忧伤地望着我。那么近，又那么远，仿佛隔山隔水。当时，我心里有不好的预感，只以为自己做得不够好，所以，加倍对他好。最后，他还是提出分手，分手的理由竟是，我太好了，他怕辜负。

爱一个人，原是爱到七分就够了，还有三分要留着爱自己。爱太满了，对他而言不是幸福，而是负担。这是经年之后，我才明白的道理。

我想起一个母亲。结婚好几年没生育。后来，多方求医，好不容易得一子，宠爱有加，真正是含在嘴里怕化了，捧在手上怕跌了。一路溺爱着长大，二十好几的人了，却不学无术，整天关在房内打游戏。一不高兴，就对母亲非骂即打。一日，因母亲劝他早点睡，扫了他打游戏的兴致，他竟勒令母亲跪在地板上，跪了大半夜。一贯木讷的父亲，也被激怒了，终于忍无可忍，趁儿子熟睡，一锤砸死儿子。警务室里，母亲哭得肝肠寸断，语无伦次地说："作孽啊，作孽啊。"

为她痛惜，一个原本天真如雪的孩子，毁了。还有她和她忠厚的男人，这辈子的伤痛，谁能疗治？

@ 微心语

无论是爱物，还是爱人，都要有节制。月满则亏，水满则溢。有时，太多的爱不是爱，而是巨大的伤害。

生命自在

去山东，在沂水大峡谷，遇见一红衣少年。谷口，挤挤挨挨摆着许多摊子，都是卖地方土特产的。红衣少年也夹在其中，只是他的摊子与众不同，他的摊子卖的是蝎子，活的，在几片草叶间蠕动。草叶子装在一个红塑料桶里，有点小恐怖。

少年的左颊上，卧两块铜钱大小的紫红色疤痕，火烧火燎般的。他在抛一枚核桃玩，抛上去，伸手接住。再抛上去，伸手接住。乐此不疲。他的近前，围了一些游人，好奇的居多，大家看看他桶里的蝎子，再看看他。无一例外的，人们都对他脸上的疤产生兴趣：

"这疤是怎么来的？"

他镇定自若地答："胎记。"

"不会吧，哪有胎记是这个样子的？是不是捉蝎子时，被蝎子蜇的？"问者不依不饶。

周围一阵哄笑。

"不，是胎记。"他抬眼笑一笑，继续抛他的核桃玩。

那之后，我时不时地会想到这个卖蝎子的红衣少年，面对哄笑，他镇定自若地答："胎记。"在他那儿，生命以一种自在的方式存在着，不惊不惧，不卑不亢。

辽宁。乡下。傍晚时分，我去村子里转悠。村庄安静得像一个恬淡的梦，石头垒起的篱笆墙上，爬满了扁豆花。墙脚下，活泼的波斯菊满地打着滚，那么多，它们高兴开红花就开红花，高兴开黄花就开黄花，自由自在得不得了。

突然有歌声响起，如黄鹂轻啼，从篱笆墙的那头传过来。我探头去看，一个五六岁的小姑娘，一边唱歌一边弯腰在采花，采一朵，就往头上插一朵。她的头上，开满五颜六色的花。

怕惊扰了她，我悄悄走开去。远处的山峦，在薄暮下隐约。两只晚归的雀，从我头顶上空飞过去，它们落到我眼里的样子，像两朵在空中盛放的黑花朵。遥远的乡下，谁撞见了这份美？大地无言，生命自在。

常去一家水果摊买水果。摊主是个四十多岁的女人，我对她颇有好感。有时想吃水果了，我宁愿多走些路，也要走到她的摊位上去买。她的男人常年生着病，孩子在念中学，一个家全靠她撑着，日子是窘迫的。但她的人，一点也不显得颓败和愁苦，她每天出来摆摊，都会认真地给自己化个妆，描了眉画了唇，人看起来很有神采。她见人总是带着笑，你看着她，心里生着敬意，只觉得她美，美得很。

她让我想到一种花，我不知道那花的名字，它或许本来就没有名字的。深秋的一天，我偶然撞见它的盛放，花小得像米粒。若不是我蹲下去细看，就被忽略了。花在路旁，在一棵冬青树的下面，冬青树枝繁叶茂的，像一道厚重的门，把它给遮住了。可是，它开花了，一开一大片，粉蓝的，虽娇小，却自有着它的奔放热情，美好自在。

@ 微心语

生命如一泓自在的清水，悠然去做自己想做的事情。

这也是生活最美丽自在的状态。

幸福的黄昏

　　这个黄昏，本来没什么特别的。只是一个夏日的黄昏，普通的，正常的。白天的暑热，渐渐消去。炽热的太阳，温柔成一枚红果子，挂在天边。起风了，有些凉爽。我走在一家医院的宿舍区，是一些老平房，青瓦盖顶，白石灰抹的墙。年代久了，那些白石灰，快成灰石灰了。东一块西一块地裂开了，看上去很斑驳。门口的地面上，铺着砖块，很不规则的砖块。砖缝里，钻出顽强的小草，尖着小脑袋，舞着小胳膊小腿的，拼命地绿着。听消息说，这地儿，快要拆迁了。但眼下，一家一家的，依旧住得挺安稳。

　　有很大的院子。院子是公共的。这个时候，热闹起来。家家把小桌子搬出来，桌面擦得很干净，上面摆着碗筷。一碟凉拌黄瓜，还有几只咸鸭蛋。也有一些小炒和红烧鱼什么的。在几家桌上还看到煮好的嫩玉米棒。哦，嫩玉米棒上市了。

孩子们被祖辈带着，已洗好澡，身上拍着好闻的爽身粉。隔代亲呢。他也微笑地看着，说："有不爱儿子的父亲，却没有不爱孙子的祖父。"莞尔。是真的呢。我祖父祖母就是极疼我的，小时的事自不必说，成年后，每趟回家，他们必拿出藏着掖着的好吃的，背了人塞给我吃。那不过是一些饼干糖果之类的，现在早已不稀罕了。然而每次，他们都极认真地做着，像做一件很重大的事。那种爱，是骨子里的吧。在这个黄昏，我很怀念他们。我也仅能用怀念，来报答他们从前的好。

这样看着，想着，心里突然涌上一种说不清的安详。对，是安详。雀们飞过屋顶。屋后一排一排高大的树，还有草地。树是一些香樟及广玉兰。我实在喜欢极了广玉兰，开那么大朵的花，白缎子似的。这朵息了，那朵开着，很无私地开着。仿佛一整个夏天，它们都在开花。空气中，染着淡淡的香。使劲嗅，味道会浓一些。而草地上，草长得茂密不已。好像少有人管理，却因此有了野性的美。我甚至还看到有爬藤植物，牵着绕着，爬到草地边的铁栅栏上绿着。

天上的云。对了，那会儿，我抬头看天，惊讶地发现，云很美丽。云真美啊！我很俗地来了这么一句。我是忍不住叹出这么一句的。那是些什么样的云呢？像冬天满满开着的芦苇花，又像一捧蓬松的白羽毛。我简直被它惊呆了，就那么站着看它——而事实上，每个晴好的天，天上的云，都应该这般美丽的吧？是我错过了。

我错过的仅是这个美丽的黄昏吗？日复一日，在一些琐碎里奔跑，沉沦，患得患失，有很多的不开心和郁闷。现在想想，那不过是一些额外的欲望。是谁说的，欲望越多，痛苦越多。人生的许多烦恼，多半是自找的。

我想起故去的一个朋友。朋友是被肝癌夺去生命的，先前是一所中学的校长，整天见他风风火火地工作，工作，工作，少有闲暇。他生病之后，感触最大的是，他没有好好看看这世界，他错过了很多的好。在他病重期间，我去医院看他，那个时候，他已咽不下食物了，却一直不愿相信自己会死去。当时我带了一袋鸭梨去，甜脆的。并不指望他会吃，只是礼节性地做做样子罢了。他看着鸭梨，突然要求道，给我削一只吃吧。我给他削了一只，切成小片，一片一片地喂他吃。他异常努力地吞咽着，每吞咽一口，都要歇上几分钟。我看他艰难的样子，劝他："过后再吃吧。"他坚持："不。"仿佛拼了命在拉住什么。这样过了大约两小时，他终于把一只鸭梨吃下去了，他高兴得像个孩子，一遍一遍说："我能吃一只梨了，我能吃一只梨了。"不断有人进病房去看他，他都要把这当作特大喜讯告诉别人。大家恭喜他："真不错啊，能吃一只梨了，改天，你可以吃一碗饭了。"他笑，脸上现出幸福的红晕来，让人心酸。对他而言，那个时候，能吃下一只梨，就代表了活着，代表了希望，实在是件快乐不已的事。

想想日常之中，我们都拥有这样的快乐啊，却从不知珍惜。

这个黄昏,我在一家医院的宿舍区,看着路边的树,看着开好的花,看着平房里进进出出的人,看着天上的云……心里突然被一种情绪装得满满的,满得很了。那种情绪叫什么呢?我微笑着想,想不出,却对身边的他冲口而出,我说:"真幸福啊。"说完,我发现了,那种情绪,原来叫幸福。

幸福就这样降临了,降临在这个普通的黄昏。是鸟儿飞过,是云飘着,是叶绿,是花开,是家常的一碗凉拌瓜……而我,竟有明亮的双眼,可以把这一切看个真切。

不由得想起认识的一个女孩,女孩长得很胖,别人都笑她的胖。以为她会愁,谁知她不,整天唱唱跳跳的,快乐得很。问她哪有这么多的乐啊。她笑,说:"我胖,我喜欢。我为什么要愁啊?我能吃能睡,多么幸福!"

是的,世上大概没有比能吃能睡更幸福的事了。如此想来,我们都拥有大幸福。

@ 微心语

生命担负不起过多的烦恼,这些无谓的沉重让生命举步维艰。放弃那些没有价值的砝码吧,我们的生命才会恢复弹性。

怀一颗感恩的心

朋友意外出车祸，九死一生。昔日英俊挺拔的一个人，因车祸，失去双腿，从此，他只能与轮椅为伴。

我们去看他，以为他定是颓败的，所以，提前预备了很多漂亮的话，好带去安慰他。甚至做好陪他落泪的准备。然而，到他家后，我们看到的场景，却是另一番的：暖阳遍洒的阳台上，他在喂养一群鸽。身旁的一株海棠，开得热烈，铺一盆粉色的花朵。

阳光下，朋友平静地给我们讲那起车祸，讲他从昏迷中醒过来时，他内心的狂喜多于痛苦，他想的是，上帝啊，我还活着！是的，还有什么比活着更让人感恩的呢？纵使他没有了双腿，可他依然能呼能吸，能吃能睡，多么幸运！

原来，只要我们怀着一颗感恩的心，苦难也会开出幸福的花朵。

　　我认识一青年，以自己个人名义，成立了一个助学基金会。为此，他不得不一人兼多职，拼命赚钱。有人笑他傻。他跟别人讲他的故事，很小的年纪时，父母在海上遇难，他成了孤儿，是东家一口饭、西家一口菜喂养了他。后来上学，所有费用，全来自一些好心人的捐助。他说："我的一切，都是这个世界给予的，所以，我要回报这个世界，这样，就会有更多的人，获得温暖，好渡过人生的危艰。"

　　原来，只有怀一颗感恩的心，世界才会变得更美好。

　　漫漫人生路上，我们应该感恩的，原是那么多那么多：

　　感恩父母。无论我们如何平庸，在父母眼里，我们都是他们亲亲的骨肉，是他们心头永远丢不下的牵挂。

　　感恩老师。是他们春风化雨，一日一日，用知识浇灌着我们，让我们像植物一样，蓬勃生长。

　　感恩朋友。是他们收容了我们的笑和眼泪。当我们需要倾诉时，朋友是最好的听众。当我们最无助的时候，朋友的肩，可以借我们倚一倚，我们会振作起来，重新上路。

　　感恩来自陌路的微笑和关照。那或许是在一次旅途中，或许是在人生的低谷里，那来自陌路的微笑和伸手的温暖，会焐热我们薄凉的旅途和人生，让我们顺利地跨过生命中的坎。

　　感恩一饭一粥，一菜一蔬。种田的农人都知道，一粒米，七碗水。说的是种田的艰辛。"谁知盘中餐，粒粒皆辛苦"，一饭一粥，一菜一蔬，原都来之不易。

感恩阳光雨露。因为有了它们，这个世界才有了叶绿花红、鸟语花香，才有了灿烂涟漪。我们才可以看到姹紫嫣红，才可以享受生命的鲜活与芬芳。

感恩日月星辰。太阳给人温暖，月亮给人清辉，星星给人繁密的向往。即使有一天，我们一无所有，我们还有满天的星辰可以照耀，我们会因此获得重生的勇气。

@ 微心语

感恩消解内心积怨，感恩涤荡世间尘埃，感恩是一种处世哲学，感恩是一种生活智慧，懂得感恩，学会感恩，每个人都会拥有无边的快乐和幸福。

开花的仙人棒

阳台上一盆仙人棒，忽然之间开了花。花只一朵，艳艳的红，开在垂挂着的仙人棒上。像小姑娘的辫梢上，扎了一朵绸绢做的花，活泼着，可爱着。

而此前，我极少留意到那盆仙人棒。在满阳台的花花草草中，它实在算不得出众，淡淡的乳芽似的绿，极不显眼。装它的盆子也极简陋，小泥盆，路边随处叫卖着的，一块钱一个。

我也只在记得的时候，给它浇一点水。好几次它泛出枯黄色来，以为它就要死了，我洒上几滴水，隔天去看，那枯黄之中，又冒出新绿来。

现在，它忽然花开。一家人围着它，欣喜不已，把装它的泥盆，一会儿捧到书桌上，一会儿捧至窗台边，不知怎么爱才好。都当它是奇迹。

它让我想起一个女孩来，女孩是和我一个村的，家境清贫不说，父亲还半痴，母亲又聋哑。这样的家庭出身，自不被人看好。从小，村里的孩子，都想着法儿欺负她。大人们看到，有时会呵斥那些孩子几句，有时不会。而她，一律地紧抿着嘴唇，不发一言。村人们便说，这孩子，像她爸，也有些呆。她听了，嘴唇抿得更紧。

她读书只读到小学三年级，成绩却极好。但因家贫，早早便辍了学，稚嫩的肩上，挑起生活的重担。命运似乎从此注定，她将来长大了就嫁人，做一个再凡俗不过的农人的妻。

一转眼，她过了十八岁。母亲托人说得一门亲事，对方是个比她长十来岁的匠人，难得那人不嫌弃她的出身、她家的清贫，答应娶她。父母自是欢天喜地，要把她嫁过去。她却不肯，哭闹着死活不肯。有人惋惜地摇头叹，这门亲事不答应，她还能嫁谁呀？她只是紧抿着嘴唇，不说话。

过两日，却传出她外出打工的消息。村人们不以为然地笑，说，这丫头真的有些傻。从此，没了音讯。

再回来，是十来年后。她已是雏鸡变凤凰，整个人，光华灿烂。在南方的一座城，她拥有了自己的饮食店，手下员工就有好几十号人。

我母亲对我叹，你知道吗，她回家时，小轿车一直送到家门口呀。她出息了，出息了。

也不过忽然之间，她的光彩，就照亮了一个村庄。

我母亲低声自语，什么时候也不能把人看扁呀。而我想得更多的是，人，什么时候也不能把自己看扁。就像一盆仙人棒，只要努力地好好活着，总有一天，生命会开出艳艳的花来。

@ 微心语

　　人生就像一张洁白的纸，全凭人生之笔去描绘。玩弄纸笔者，白纸上只能涂成一摊胡乱的墨迹；认真书写者，白纸上才会留下一篇优美的文章。

小鸟每天唱的歌都不一样

一

一只鸟在啄我的窗。

有时清晨，有时黄昏。有时，竟在上午八九点或下午三四点。

柔软的黄绒毛，柔软的小眼睛，还有淡黄的小嘴——一只小麻雀。它一下一下啄着我的窗，啄得兴致勃勃。窗玻璃被它当作琴弦，它用嘴在上面弹乐曲，笃笃笃，它完全陶醉在它的音乐里。

我们互不干扰。世界安好。

有一段时间，它没来，我很想念它。路上偶抬头，听到空中有鸟叫声划过，心便柔软地欢喜，忍不住这样想：是不是啄我窗子的那一只？

我的窗户很寂寞，在鸟儿远离的日子里。

二

街上有卖鸟的。绿身子，黄尾巴，眼睛像两粒小豌豆。彩笔画出来似的。

鸟在笼子里，啁啾。

我带朋友的小女儿走过。那小人儿看见鸟，眼睛都不转了，她欢叫一声，小鸟哦。跳过去，蹲下小小的身子看鸟。鸟停止了啁啾，也看她。

它们就那样对望着，好奇地。我惊讶地发现，它们的眼神，何其相似：天真，纯净，一汪清潭。可以历数其中细沙几粒，水草几棵。

小女孩说，阿姨，小鸟在对我笑呢。

有种语言在弥漫，在小女孩与小鸟之间。

我相信，那一定是灵魂的暗语。

三

我确信我家的屋顶上，住了一窝鸟。

深夜里，我写字倦了，喝一杯温热的白开水。四周俱静。我家屋顶上，突然传来嘈嘈切切的声音，伴着鸟的轻喃，仿佛呓语。我以为，那一定是一家子，鸟爸爸，鸟妈妈，还有鸟孩子。

我微笑着听，深夜的清凉，霎时有了温度。

我开始瞎想，它们是一窝什么样的鸟呢？是"泥融飞燕子"中的燕子吗？还是"百啭千声随意移"中的画眉？或许是"两个黄鹂鸣翠柳，一行白鹭上青天"中的黄鹂和白鹭呢。简直活泼极了，翠绿，艳黄，纯白，碧蓝，怎一个惊艳了得？它们鸣唱着，欢叫着，发出天籁之声。

我没有爬上屋顶去看，它们到底是怎样的鸟。我不想知道。

它们一天一天，绵延着我的想象，日子里，便有了久久长长的味道。

四

故事是在无意中看到的。说某地有个退休老人，多少年如一日，用自己的退休金，买了鸟食，去一广场上喂鸟。

为了那些鸟，老人对自己的生活近乎苛刻，衣服都是穿旧的，饭食都是吃最简单的，出门舍不得打车，都是步行。

鸟对老人也亲。只要老人一出现，一群鸟就飞下来，围着老人翩翩起舞，婉转鸣唱。成当地一奇观。

然流年暗换，老人一日一日老去，一天，他倒在去送鸟食的路上。

当地政府，为弘扬老人精神，给老人塑了一铜像，安置在广场上。铜像安放那天,奇迹出现了,一群一群的鸟,飞过来,绕着老人的铜像哀鸣,久久不肯离去。

我轻易不落的泪,掉下来。鸟知道谁对它们好,鸟是感恩的。

五

有一段时间,我在植物园内住。是参加省作家读书班学习的,选的地方就是好。

两个人一间房,木头的房。房在密林深深处。推开木质窗,窗外就是树,浓密着,如烟地堆开去。

有树就有鸟。那鸟不是一只两只,而是一群一群。我们每天在鸟叫声中醒过来,在鸟叫声中洗脸,吃饭,读书,听课,在鸟叫声中散步,物我两忘,直觉得自己做了神仙。

有女作家带了六岁的孩子来,那孩子每天大清早起床,就伏到窗台上,手握母亲的手机,对着窗外,神情专注。我问他,干吗呢,给小鸟打电话啊?他轻轻对我"嘘"了声,一脸神秘地笑了。转过头去,继续专注地握着手机。后来他告诉我,他在给小鸟录音呢。阿姨,你听你听,小鸟每天唱的歌都不一样。他举着手机让我听,一脸的兴奋。手机里小鸟的叫声,铺天盖地灌进我的耳里来。如仙乐纷飞。

小鸟每天唱的歌都不一样,这句话,我铭记了。

@ 微心语

　　四幅动人的画面，四个热爱生活的人，一种纯净无比的情调，一种美不胜收的意境。眼前读的是情感，手里捧的是生活……

Chapter 02

遇见你的纯真岁月

　　多年后，遇见他，他早已不做老师了，眼神已不复清澈。提起当年的学生，却如数家珍般，一个一个，都记得。清清楚楚，一如我们清楚地记得他当年的模样。那是他和我们的纯真岁月，彼此用心相待，所以，刻骨铭心。

遇见你的纯真岁月

他是第一个分配到我们乡下学校来的大学生。

他着格子衬衫，穿尖头皮鞋，操一口流利的普通话，这令我们着迷。更让我们着迷的是，他有一双小鹿似的眼睛，清澈、温暖。

两排平房，青砖红瓦，那是我们的教室。他跟着校长，绕着两排平房走，边走边跳着去够路旁柳树上的树枝。附近人家养的鸡，跑到校园来觅食了，他看到鸡，竟兴奋得张开双臂，扑过去，边扑嘴里边惊喜地叫："啊啊，大花鸡!"惹得我们笑弯了腰，有同学老气横秋地点头说："我们的老师，像个孩子。"

他真的做了我们的老师，教我们语文。第一天上课，他站讲台上半天没说话，拿他小鹿似的眼睛，看我们。我们也仰了头对着他看，彼此笑眯眯的。后来，他一脸深情地说："你们长得真可爱，真的。我愿意做你们的朋友，共同来把语文学好，你们一定要当我是朋友哦。"他的这个开场白，一下子拉近了他与我们的距离，全班学生的热血，在那一刻沸腾起来。

他的课，上得丰富多彩。一个个汉字，在他嘴里，都成了妙不可言的音符。我们入迷地听他解读课文，争相回答他提的问题。不管我们如何作答，他一律微笑着说："真聪明，老师咋没想到这么答呢？"有时我们回答得太离谱了，他也佯装要惩罚我们，结果是，罚我们唱歌给他听。于是教室里的欢笑声，一浪高过一浪。那时上语文课，在我们，是期盼，是幸福，是享受。

他还引导我们阅读。当时乡下学校，课外书极其匮乏，他就用自己的工资，给我们买回很多的书，诸如《红楼梦》《钢铁是怎样炼成的》《红与黑》之类。他说："只有不停地阅读，人才能走到更广阔的天地去。"我至今还保留着良好的阅读习惯，应该是那个时候养成的。

春天的时候，他领我们去看桃花。他说："大自然是用来欣赏的，不欣赏，是一种极大的浪费，而浪费是可耻的。"我们哄一声笑开了，跟着他蹦蹦跳跳走进大自然。花树下，他和我们站在一起，笑得面若桃花。他说："永远这样，多好啊。"周围的农人，都看稀奇似的，停下来看我们。我们成了风景，这让我们倍感骄傲。

我们爱他的方式，很简单，却倾尽我们所能：掐一把野地里的花儿，插进他办公桌的玻璃瓶里；送上自家烙的饼、自家包的粽子，悄悄放在他的宿舍门口。他总是笑问："谁又做好事了？

谁?"我们摇头,佯装不知,昂向他的是一张张葵花般的笑脸。

我们念初二的时候,他生了一场病,回城养病,一走两个星期。真想他啊,班上的女生,守在校门口,频频西望——那是他回家的方向。被人发现了,却佯装说:"啊,我们在看太阳落山呢。"

是啊,太阳又落山了,他还没有回来。心里的失望,一波又一波的。那些日子,我们的课,上得无精打采。

他病好后回来,讲台上堆满了送他的礼物,野花自不必说,一束又一束的。还有我们舍不得吃的糖果和自制的贺卡。他也给我们带了礼物,一人一块巧克力。他说:"城里的孩子都兴吃这个。"说这话时,他的眼睛湿湿的。我们的眼睛,也跟着湿了。

他的母亲却千方百计把他往城里调。他是家里独子,拗不过母亲。他说:"你们要好好学习,将来我们会有重逢的那一天的。"他走的时候,全班同学哭得很伤心。他也哭了。

多年后,遇见他,他早已不做老师了,眼神已不复清澈。提起当年的学生,却如数家珍般,一个一个,都记得。清清楚楚,一如我们清楚地记得他当年的模样。那是他和我们的纯真岁月,彼此用心相待,所以,刻骨铭心。

@ 微心语

纯真记忆深藏于每个人的内心深处,如美酒般香醇,每当夜深人静时,就斟满一杯,细细地品……

一把紫砂壶

他姓陈，教我们高中语文。教我们的时候，他已六十开外了。

他身材硬朗，唱起京剧来，中气十足。别人问他，陈老师啊，你身体怎么这么好啊？他就嘿嘿笑着，手握一把紫砂壶，很憨厚的样子，像一尊笑呵呵的弥勒佛。

他指着紫砂壶说，全是喝茶喝的。然后呷上一口茶，很有滋味地用嘴咂着，吟出一句诗来：玄谈兼藻思，绿茗代榴花。

听过他的紫砂壶的故事，是某一年的某一天，他偶路过一片废墟，废墟上有人正在瓦砾中捡拾什么。他的眼前忽然亮了，他看到那人正从瓦砾之中捡出一把紫砂壶。那人对手里的紫砂壶并不感兴趣，正举在手上犹疑地望着。他走过去，掏出身上仅有的五块钱，要买下紫砂壶。那人大喜过望，忙不迭地把紫砂壶给了他。

有人曾开玩笑问过他，陈老师，您这把紫砂壶是不是古董？

他笑而不答，低下头望手里的紫砂壶，一脸慈祥，似乎紫砂壶是他的一个极疼爱的孩子。

没见过他离开过紫砂壶，即便上课，他也会带进教室来，讲到精彩处，他会捧起紫砂壶，喝上一口茶。然后眼睛眯起来，冲我们笑一笑，接着讲课。

那个时候，他特别欣赏我的作文，每逢作文评讲课，必把我写的作文，拿到班上当范文读。他手捧紫砂壶，呷一口茶，读一段我的作文。他说，好好努力下去，定会写出成绩来的。我在座位上点头。那些时光，溢满芳香。

同学之间，偶有纷争，"官司"打到他那儿。他不批评这个，也不批评那个，慢慢喝着茶，听我们说。等我们说完了，他问，说完了？我们回答，是。他再喝一口茶，眯着眼睛笑，说，说完了就去好好念书吧。我们不知所措地愣了一愣，所有的气，一瞬间全消了，转身走开。他突然叫住我，指指手中的紫砂壶对我说，小丫头，记住，有容乃大。然后不管我明没明白，挥挥手让我去读书。

总是见着他笑眯眯的样子，只一次，看到他落泪，眼泪在镜片后，化成一片疼痛的雾。那是我们班一个女生，突发脑溢血死了，他听到这个消息时，正在上课，当时就站在讲台前哭了。那节语文课后来没上，他让我们写作文，悼念那个女同学。我们都写得很动情。作文本子交上去后，他一本一本地看，看得极慢，不时摘下眼镜擦眼泪。那一日，他在办公室待了很久很久，一直待到夜里。我们下晚自修回宿舍，从办公室门口过，看到他的影和紫砂壶一起，在灯光下静穆着。我们的心，刹那间溢满疼痛，也溢满了感动。那一刻，我们仿佛都长大了，懂得了什么叫活着，什么叫珍惜。

毕业几年后，我路过以生产紫砂陶器出名的宜兴，特地跑去买了一把紫砂壶。我学着陈老师泡了一壶茶，却难得静下心来慢慢啜。

@ 微心语

思想在宁静中提高，灵魂在宁静中净化，知识在宁静中积累，身体在宁静中康健。古人云，难得糊涂；今人云，难得宁静。

镇静如花

歹徒冲进教室的时候，老师正在给一群七岁的孩子上课。孩子们仰着柔嫩的小脸儿，像朵朵盛开的葵花。窗外阳光明媚，世界安宁。

但歹徒出人意料地冲进来了，就近抓住一个男孩，从身后抽出一把明晃晃的刀来，大吼道："不许乱动！"讲台前的老师稍一愣怔，随即明白了，他们被歹徒当作人质劫持了。

教室里有了小小的惊慌。老师的脸上，却现出微笑来，明亮如灯，照亮孩子们的心。她的眼光一一扫过孩子们可爱的脸，而后温柔地说："同学们不要怕，这是在拍《小鬼当家》呢。"

"是拍戏呀。"孩子们立即兴奋起来，原先的惊慌一扫而空。

老师转而语气平缓地跟歹徒讲条件，可不可以用她替换下他手上的那个孩子？歹徒想想，没同意。老师又提第二个条件，可不可以让其他的孩子出去？歹徒沉默良久，同意了。

于是老师让孩子们排好队，手拉手地出教室。整个过程中，没有任何的吵嚷，没有任何的混乱，孩子们很听话很安静地配合着，以为真的是在拍《小鬼当家》的戏。

争取到时间的老师报了警。警察迅速包围了学校，一切都在静静中进行着。

两小时后，歹徒被擒，被抓住当人质的孩子安然无恙。当那个孩子从人质那儿被解救出来时，他的神态是轻松的，甚至是快乐的。他一直以为是在拍戏，离开歹徒时，他还天真地安慰那个歹徒："叔叔，我不怕拍戏，你也不要怕。"

一场隐伏的悲剧，就这样被那个老师的镇静，消弭于无形之中。更可贵的是，她用她的镇静，最大限度地保护了可爱的童心，她让他们，继续无忧地如花盛开。窗外，春光依旧明媚，世界依旧安宁。

这让我忆起多年前看过的一个外国故事，跟这个故事有异曲同工之处。郊外，一户人家，在晚上宴请宾客。席间，宾主吃得正欢，突然，女主人觉得她裸露的脚背上，有凉凉的东西袭过。她心里一惊，预料到碰上麻烦了，她整个身子保持不动，只稍稍转动了一下头，往下看去，她看到一条毒蛇，正爬上她的脚背。她不动声色地坐着，继续与宾客举杯说笑，只是吩咐用人，在大门口放上一碗蜂蜜拌牛奶，是想把蛇吸引过去。她感到像过了一个世纪那么长，她脚背上的蛇，才缓缓离开她的脚，向大门口爬去，而此时，宾客中没有一个人知道桌底下的那场惊心动魄，桌上的气氛依旧很热闹很祥和。

那个女人是智慧的，若是她当场大嚷大叫，势必引起一片惊慌。受惊的蛇和受惊的人，带来的伤害将无可避免。但是，她用她的镇静，消融了这场伤害。我猜想，在那场惊险中，那个女人脸上努力维持的笑容，一定美丽如花，直抵人的灵魂。

@ 微心语

　临危不乱，镇定自若，运筹帷幄之中，决胜千里之外，胜不骄败不馁，即使不是大将，也有了大将风度。

掌心化雪

那个时候，她家里真穷，父亲因病离世，母亲下岗，一个家，风雨飘摇。

大冬天里，雪花飘得繁密。她很想要一件暖和的羽绒服，把自己裹在里面。可是看看母亲愁苦的脸，她把这个欲望压进肚子里。她穿着已洗得单薄的旧棉衣去上学，一路上冻得瑟瑟。她想起安徒生的童话《卖火柴的小女孩》，她想，若是她也有一把可供燃烧的火柴，该多好啊。她实在太冷了。

拐过校园那棵粗大的梧桐树，一树银花，映着一个琼楼玉宇的世界。她呆呆地站着看，世界是美好的，寒冷却钻肌入骨。突然，年轻的语文老师迎面而来，看到她，微微一愣，问："这么冷的天，你怎么穿得这么少？瞧，你的嘴唇，都冻得发紫了。"

她慌张地答："不冷。"转身落荒而逃，逃离的身影，歪歪扭扭。她是个自尊心强的孩子，她实在怕人窥见她衣服背后的贫穷。

语文课,她拿出课本来,准备做笔记。语文老师突然宣布:"这节课我们来个景物描写竞赛,就写外面的雪。有丰厚的奖品等着你们哦。"

教室里炸了窝,同学们兴奋得叽叽喳喳,奖品刺激着大家的神经,私下猜测,会是什么呢?

很快,同学们都写好了,每个人都穷尽自己的好词好语。她也写了,却写得索然,她写道:"雪是美的,也是冷的。"她没想过得奖,她认为那是很遥远的事,因为她的成绩一直不引人注目。加上家境贫寒,她有多自尊,就有多自卑,她把自己封闭成孤立的世界。

改天,作文发下来,她意外地看到,语文老师在她的作文后面批了一句话:"雪在掌心,会悄悄融化成暖暖的水的。"这话带着温度,让她为之一暖。令她更为惊讶的是,竞赛中,她竟得了一等奖。一等奖仅仅一个,后面有两个二等奖,三个三等奖。

奖品搬上讲台,一等奖的奖品是漂亮的帽子和围巾,还有一双厚厚的棉手套。二等奖的奖品是围巾,三等奖的奖品是手套。

在热烈的掌声中,她绯红着脸,从语文老师手里领取了她的奖品。她觉得心中某个角落的雪,静悄悄地融化了,湿润润的,暖了心。那个冬天,她戴着那顶帽子,裹着那条大围巾,戴着那副棉手套,严寒再也没有侵袭过她。她安然地度过了一个冬天，一直到春暖花开。

后来，她读大学了，她毕业工作了。她有了足够的钱，可以宽裕地享受生活。朋友们邀她去旅游，她不去，却一次一次往福利院跑，带了礼物去。她不像别的人，到了那里，把礼物丢下就完事，而是把孩子们召集起来，温柔地对孩子们说："来，宝贝们，我们来做个游戏。"

她的游戏，花样百出，有时猜谜语，有时背唐诗，有时算算术，有时捉迷藏。在游戏中胜出的孩子，会得到她的奖品——衣服、鞋子、书本等，都是孩子们正需要的。她让他们感到，那不是施舍，而是他们应得的奖励。温暖便如掌心化雪，悄悄融入孩子们稚嫩的心灵。

@ 微心语

真诚的爱心，会在人的心灵深处留下永恒的阳光。

面对易碎脆弱的尊严，无声的呵护胜过万语千言。

天上有云姓白

他不是我们的正式老师，不过是个高中毕业生。

那时，我们初中快毕业了，教我们的英语老师突然生了病，没有老师能顶上这个缺，于是他来了，跛着一条腿。

据说他是校长的亲戚。不然凭他一个高中毕业生，怎么能来代我们的课？他来代课总有好处的，有不菲的代课费。这是消息灵通的同学说的。

他第一天来给我们上课，在我们的灼灼目光中，他一跛一跛的，费了好大的劲，才迈上讲台。有学生在底下终于憋不住，扑哧一声笑出来。这一笑，让他蓦地红了脸，他窘迫得不敢直视我们，而是低了头，对着讲台上一摞作业本，半天才憋出一句话来："同学们好，天上有云姓白，我的名字叫白云。"

自此后，有学生远远看见他，就白云白云地叫开了。等他答应一声，回转过身来，殷殷地问："什么事啊？"那叫着的学生会"啊"一声，抬头对着天说："我看天上的白云呢。"他并不恼，呵呵笑一声，也陪着仰头看天。

他的课备得极认真，书上密密麻麻全是红笔注的补充。只是那时我们不懂事，并不知他的艰辛，私下里竟有些瞧他不起，认为他不过是个代课的。所以上课总不好好上，不时打岔，跟他要贫嘴，甚至有同学在底下吹口哨。每每这时，他都涨红了脸，站在讲台前，一动不动地看着我们。等我们闹够了，他可怜巴巴地问："现在我们开始上课好吗？"然后弯腰跟我们道歉："对不起，对不起，都怪我课讲得不好，让你们没兴趣听。"教室里突然安静下来，听见窗外风吹的声音。那一瞬，我们有些无地自容，再上课，都听话起来，乖巧起来。他很高兴，课上完了，他说："我要奖励你们。"我们都以为他是说着玩的，再来上课，却见他提来一袋子糖——他自个儿掏钱买的，给我们一人发两块。

他喜欢扎在学生堆里聊天。有学生好奇地问："你腿咋的啦？"他并不避讳，说："小儿麻痹症落下的。"又说起他很想读大学，但家里穷，弟妹多，上大学成了遥不可及的梦想。"所以呀，你们要珍惜呀，珍惜这样的好时光。"他变得像长者。

一个月后，我们的英语教师病好了来上班，他得走了。这时，班上发生了一件事，一个成绩很好的女生，父亲突然暴病身亡，女生的家一下子塌了，女生提出退学。他知道后，很着急，跛着一条腿，走了十来里的乡间路，到女生家里去。女生的寡母领着五个孩子，齐齐跪倒在他跟前。他的心一下子揪紧了，他说：

"我会帮你们的。"他掏出身上所有钱，又许诺，女生以后上学的钱，他会帮衬着。"一定要让她读高中，读大学，她有这个潜力。"他再三恳求，直到女生的母亲答应为止。

我们毕业前夕，他到学校来看我们，来看那个女生。他瘦了，精神却出奇的好。他说："你们要好好读书啊，我很想你们。"这一句话，惹哭了我们许多人。

在我读高二那年，却听说他染上白血病，不久便走了。当年他教的学生，因分散在四面八方，竟没有一人能见上面。他资助过的那个女生，一说起他，就哭得不能自已。

很多年过去了，当年的同学每每相遇，都会谈到他。末了大家会叹一声："他是个好人哪！"天上每天都有白云飘过，不知有没有一朵云上有他。

@ 微心语

岁月让我们遗忘，时间让记忆淡化，唯有高尚的品格会成为永远的怀念。

玫瑰的谎言

玉十八岁，念高三。

玉长相一般，成绩一般，性格沉静，在沉静中略略带了些自卑。这样的玉不显山不露水，很容易被人忽略。

繁重的学业下，孩子们的梦想更贴近现实，目标只有一个，那就是——考上大学。玉也做这样的梦，她的愿望不高，她只想考个一般性的大学，毕业后，能进一家普通的公司，做个小职员，她也就心满意足了。

高考眼看着临近了，大有剑拔弩张之势。老师为调节学生们的情绪，规定每天黄昏，所有学生必须到操场上跑步。玉也混在里面跑，大家笑闹着，近距离里，平日里疏远紧张的气氛没有了，青春恢复成一只只扑棱着翅膀飞翔的鸟。

一日，又是一个霞光倾泻的黄昏，又是奔跑着的青春着的一群。玉在同学们说笑间，突然一个趔趄，站立不稳，面色苍白地倒了下去……

玉住院了。是白血病，晚期。玉自己不知道，大家都统一口径地告诉她，说她患了营养不良综合征。玉自是深信不疑，因为她的父母双双下岗了，她平日里总是过得很节俭，尤其在吃方面。

同学们一拨一拨地来看她，他们给她买布娃娃，给她叠千纸鹤，甚至连平常几乎从未跟她说过话的同学，也跑来看她。她受到从未有过的重视，开心极了，抱着同学们送的布娃娃，对着同学们嘻嘻笑，说："生病真好啊。"

班上最优秀的一个男同学，每天都一个人来，给她送上一枝红玫瑰。第一次送她的时候，她讶异得瞪大眼，不敢接。男同学温柔地笑，说："我和全班同学都希望你早日康复。"她有些羞涩地接了花，嘱她的母亲，用清水养在她的病床头。她的心开始波波粼粼地跳，想，要是永远这样病着，也好。

她的身体越来越虚弱了，玫瑰花却一日一枝，从未间断。那艳艳的红，映了她苍白的脸，让她有种虚弱的美丽。她偷偷问前来看望她的同桌："一朵玫瑰代表什么意思?"同桌笑："代表一生一世。"她听了，脸上飞起红霞，悄悄甜蜜。

她走在一个风清云淡的午后，走时，手中握着一枝红玫瑰，是那个男同学早上刚送过来的。她走得很安宁，熟睡般的，脸上泊一层淡淡的笑意，极满足的样子。

她永远也不会知道了，那每日一枝的红玫瑰，只是一群青春的孩子，为成全她人生的完美，而编织出的美丽谎言。

@ 微心语

　　爱是一种力量，让一个人突然奋起；爱是一个火花，点燃了希望的火炬。如果我们抬起了头去迎接生活的阳光，又有谁可以把明媚阻挡？

阿德老人的鞋摊

　　阿德老人在街头修鞋，有很多年头了。街上的风景，换过一页又一页，不变的，只有阿德老人的鞋摊。它摆在一棵梧桐树下，那棵梧桐树，枝干粗壮，也很有些年头了。

　　从小是个孤儿，又瘸着一条腿，阿德老人靠补鞋维持生计。早些年，街上的居民，生活拮据，穿坏的鞋，舍不得扔，都送到他的鞋摊上来补，他的鞋摊，很是兴旺了一阵子。后来，人们的日子好过了，少有人再穿补过的鞋，阿德老人的鞋摊，渐渐冷落。大多数时候，没顾客，他拢着手，眯着眼，看大街上人来人往。前尘往事，如烟飘过，一辈子，跟一根草芥似的，就这样活过来了。

　　阿德老人注意到那个叫山山的流浪儿，是在一个春天的午后。阳光暖融融的，晒得人打瞌睡。山山正无所事事地晃过他的鞋摊前，他的眼睛，落到山山脚上那双破球鞋上，那双鞋，已破得不成样了。

阿德老人在心里叹口气，冲山山招手："宝宝，你过来。"叫第一声，山山不在意。叫第二声，山山还是不在意。在山山的记忆里，他一直被人叫作小乞丐，有谁叫过他宝宝呢？叫第三声的时候，山山回过头来，一边狐疑地问他："是叫我吗？"一边趿着破鞋，扑哧扑哧走过来。

阿德老人示意山山把鞋脱下，说："我最喜欢帮人补鞋了。"山山不肯脱，山山说："我可没钱给你呀。"阿德老人说："我帮小孩补鞋，从来不要钱的。"山山不信地问："真的？"阿德老人肯定地答："真的。"

一小时后，阿德老人帮山山补好鞋，破损的地方，都用软胶皮给缝上了。山山穿上，满意地在他面前走来走去，说："像新的呀。"阿德老人笑了，说："以后你鞋破了，都到我这儿来补吧。"山山"哦"一声，对阿德老人认真地说："我会报答你的。"一溜烟跑开去了。

阿德老人笑笑，觉得这孩子有趣，并不把他的话当真。这一天，阿德老人相当快乐。

几天后，阿德老人的摊前，顾客突然增多。奇怪的是，他们价钱不菲的鞋，都是被人人为地用刀划破的。人们哭笑不得地告诉他，是一个小乞丐干的。小乞丐居然告诉他们，他这里补鞋，补得非常好。

一人终于抓住小乞丐，挥着拳头要揍他，小乞丐吓哭了，说：

"他是我恩人，我只是想报答他。"

人们原谅了一个孩子的错。他们眼睛有些湿润，对他说："帮人有很多种方法，但不要通过损坏来进行，你可以每天为他唱一首歌。"

阿德老人的生意，好起来，人们穿坏的鞋，不再扔了，而是送到他的小摊上来。补好的鞋，他们未必会穿，但他们愿意通过这种方式，去成就一种感恩。山山也不再四处流浪了，他待在阿德老人身边，用他童稚的歌声，为阿德老人送去欢乐。阿德老人有个心愿，等过了春天，积攒到一笔钱，就送他去上学。

@ 微心语

做人贵在知恩图报，当别人在为我们付出爱心时，我们铭记于心，并将这种爱心传递下去，人人如此，将会成就巨大的爱心力量。

一块橙色口香糖

　　朋友程彬登上火车时，他并不知道火车开向哪里。这对他来说，不重要。现实的惨痛，让他不得不以逃离的姿势，离开熟悉的故土。苦心经营的公司破产了。相恋多年的女友，跟他分了手。这个时候，偏偏他又被查出患有肾病……曾有的骄傲，一瞬间全部土崩瓦解。

　　朋友一支接一支地抽烟，烟雾缭绕中，是一张绝望的脸。小小的车厢，霎时弥漫着呛人的烟味。有乘客不满地嘟囔着，嫌烟味大。但看看他阴郁的脸，都不敢再说什么了。

　　朋友的对面，坐着一对母女。母亲很年轻，脸上一直挂着淡淡的笑。女儿不过五六岁的样子，好动，车前车后跑个不停。她不时地跑到他的身边来，好奇地瞪大了眼睛瞅他，对他笑，叫他叔叔。他看看她，不吭声。心情烦躁得似六月天里听到蝉叫。

　　年轻的母亲小声告诫女儿，不可太调皮。又对他歉意地笑，说："这孩子，就是好动。但眼睛，快不行了，视力一天比一天差，看过很多医生，都找不到好的法子治，也就由了她调皮，在她眼睛看得见的时候，带她出来多看看。"

朋友这才知道，年轻的母亲，是带女儿出来游玩的。

朋友有些意外，问："以后，她怎么办呢？"年轻的母亲温柔地看一眼到处乱窜的女儿，说："以后的日子，以后再说。她眼睛看不见了，还有耳朵，还有手，总会把日子好好过下去的。"

朋友听了，鼻子无端地发酸。这时，小女孩风似的跑过来，手里举着不知谁给的口香糖，朝着他，快乐地叫着："叔叔，给，可以吹彩色的泡泡呢。"

朋友掐灭了香烟，接过小女孩给的口香糖。在小女孩期待的目光中，轻轻剥开外面裹着的一层糖纸。一块橙色的口香糖，就可爱地呈现在他面前。小女孩叫："吹泡泡，叔叔吹泡泡。"朋友说："好。"他把口香糖放进嘴里，立即有股甜味，经他的舌尖，滑入心里。他快速地咀嚼着，慢慢吹出一个泡泡来。小女孩开心地拍手笑，说："泡泡，泡泡。"朋友也笑了。

不久，那对母女到站了，小女孩蹦蹦跳跳跟朋友说再见。朋友下了车，目送那对母女走远，转身去买了一张回程的车票。他想，纵使什么都失去了，他还有舌头，可以品尝口香糖的美好。他要认真过好每一天。

朋友现在活得好好的，公司重新运转了，虽说没有原先的规模大，但发展势头良好。工作之余，朋友极注意锻炼身体，跑步，打羽毛球，打乒乓球，还去游泳馆办了张会员卡，不时去游上几圈。身体居然练得棒棒的，那折磨人的肾病，也似乎没影儿了。最近，有个很不错的女孩，对他抛出了爱的红绣球，他正在考虑，要不要接下这球。朋友的日子，很是有声有色起来。朋友感慨地说，如果当初他选择沉沦，怕是坟上的草早长出来，青青黄黄好几茬了。

有时，生命的转机，仅仅只需一块橙色口香糖。重新掀开生活的另一页，并不是想象中的那么难。

@ 微心语

迷茫和恐惧不能成为自怨自艾的借口，生命需要自己去承担，命运更需要自己去把握。

爱的馈赠

　　这是发生在大地震之后的一个故事，故事发生在我们小城，故事的主人公，是个残疾人。

　　大地震离我们的小城很远，远得须乘两天一夜的火车，方能抵达。他在小城的乡下住，从未出过远门，自然不知道大地震的那个地方。

　　从小残疾，小儿麻痹症导致他双腿严重萎缩，没尝过走路的滋味。母亲在世时，都是母亲照料他的生活起居。后来母亲生病，撒手人寰，他便成了孤苦伶仃的一个人。市残联下乡送温暖时，送他一辆残疾人助力车。他摇着它，"走"出了人生的第一步。他觉得人生，已很不错了。

　　得知大地震的消息，是从家里那台小的电视机里。电视里天崩地裂，他的心里，也是天崩地裂的。他一刻也等不住了，坐着残疾人助力车，"走"出家门。他"走"了五个多小时的路，才"走"到小城。逢人便问，哪里有献血的？他要给灾区的人献血。最后却被告知，灾区暂时用不着我们这里的血，暂不接受他的献血。他很失望，对着大地震发生的方向，喃喃说，我该怎么办？

人们只当他一时冲动，劝他回家，说等血库里要血了，会通知他的。

他回了家，着手清理家里的东西，值钱的不多，也就一台电视机、一台洗衣机。还有母亲临终前，给他留下的一枚戒指。纯金的，值点钱。母亲迷信，母亲认为，金可以避邪。是希望没有了她的日子，有戒指与他相伴，他能少些灾难。也是给他存个念想，让他看到戒指，就如同看到她，生活不至于太孤单。

他变卖了这些。去卖戒指时，他的手，抖了几抖，他想起母亲。但还是狠狠心，卖了。他在残疾人助力车后，挂上一横幅，上书：灾区人民，我和你在一起。他摇着残疾人助力车，又"走"了五个多小时的路，再次进城，怀里揣着变卖家产得来的钱，一共是一千三百块。

募捐箱前，他投进他全部的家产。一个小城，为之动容。那一天，人们捐款的热情，空前高涨。

故事发展到这儿，该结束了，却出人意料地有了后续。在他回家后不久的一天清晨，打开门来，意外地发现，他变卖掉的东西，全部堆放在他的家门口。母亲遗留下来的金戒指，被装在一个漂亮的小盒子里，下面压了张字条，字条上写着这样一行字：好人，你已献出了你的心。这些东西，你还用得着，收下吧。

@ 微心语

　　世上的爱，从来都是流动的。当你用爱温暖着这个世界的时候，世界同样也会用爱温暖着你。

花盆里的风信子

　　他一直不是个好学生，惹是生非，自由散漫，不学无术。老师们看到他就摇头，同学们也不待见他。为了让他少惹事，老师们对他说："张星，这次考试，你可以不参加。""张星，星期天补课，你可以不来。"那么，好吧，他乐得逍遥，整日里游东逛西，打发光阴。偶尔坐在教室里，也是伏在课桌上睡觉。

　　新来的女老师，有双美丽的大眼睛。女老师特别喜欢花草，自己掏钱包，买来很多的花草装点教室。这个窗台上搁一盆九月菊，那个窗台上放一盆吊兰，教室被她装点得像个小花园。

　　那天，上课铃声响过后，他才拖拖沓沓进教室，却遇见女老师一双微笑的眼。女老师手上托一个小花盆，对他说："张星，这盆花放在你旁边的窗台上，交给你管理，可以吗？"

　　他有些意外，一时竟愣住了。定睛看去，花盆里只一坨泥，哪里有半点花的影子。女老师看出他的疑惑，笑吟吟说："泥里面埋着花的根呢，只要你好好待它，它会很快长出叶来，开出花来。"

他接下花盆，心慢慢湿润了，第一次有种被人信任的感觉。虽然表面上，他还是一副满不在乎的样子。

此后，他极少再东游西荡，待在教室里的时间，越来越长。他不再伏在桌上睡觉，他给那盆花松土，浇水。他的眼光，常不由自主地望向那只花盆，心里开始有了期待。

春寒料峭的日子，那盆土里，竟冒出了嫩黄的芽。芽最初只有指甲大小，像羞怯的小虫子，探头探脑地探出泥土来。他忍不住一声惊叫："啊，出芽了!"心里的欣喜，排山倒海。同学们簇拥过来，围在他的座位旁，和他一起观看泥土里的小芽芽。弱小的生命，在他们的守望中，渐渐抽枝长叶。三月的时候，葱绿的枝叶间，冒出了一撮洇染着桃粉的花骨朵。不久，这些花骨朵慢慢开了，居然是一盆漂亮的风信子。

他激动地拉来女老师。女老师低头嗅花，微笑地问他："张星，你知道风信子的花语是什么吗?"他茫然地摇头。女老师说："风信子的花语是，只要点燃生命之火，便可同享丰盛人生。"他没有吱声，若有所思地打量着那盆花。桃粉的花朵，像燃烧着的小灯笼，把他黯淡的人生，照得明亮起来。

他开始摊开课本，认真学习。本不是个笨孩子，成绩很快上去了。老师们都有些惊讶，说："张星啊，没看出你这小子还有两下子呀。"他羞赧地笑。曾经坚硬的心，像窗台上的那盆风

信子，慢慢地盛开了。有些疼痛，有些欢喜。做人的感觉，原
来是这么的好。

后来，他毕业了。由于基础太差，他没能考上大学。但他
找到了自己的人生支点，租了一块地，专门种花草。经年之后，
他成了远近闻名的花匠，培育出许多品质优良的花卉。其中，
有各种各样的风信子。

@ 微心语

穿越漫长的成长之路，保持美好的飞行姿势，永远
向前向上，你会成就美丽人生。

一句话的温暖

一个自称陈小卫的人打电话给我，电话那头，他满怀激动地说，丁老师，我终于找到你了。

他说他是我十年前的学生。我脑子迅速翻转着，十来年的教学生涯，我换过几所学校，教过无数的学生，实在记不起这个叫陈小卫的学生来。

他提醒我，记得吗，那年你教我们初三，你穿红格子风衣，刚分配到我们学校不久！

印象里，我是有一件红格子风衣的。那是青春好时光，我穿着它，蹦跳着走进一群孩子中间，微笑着对他们说，以后，我就是你们的老师了。我看到孩子们的脸仰向我，饱满，热情，如阳光下的葵花。

我当时就坐在教室最北边一排啊，靠近窗口的，很调皮的那一个，经常打架，曾因打破一块窗玻璃，被你找到办公室谈话的。老师，你想起来没有？他继续提醒我。

是你啊！我笑。记忆里，浮现出一个男孩子的身影来，隐约着，模糊着。他个子不高，眼睛总是半睨着看人，一副桀骜不驯的样子。经常迟到，作业不交，打架，甚至还偷偷学会抽烟。刚接他们班时，前任班主任特意对我着重谈了他的情况：父母早亡，跟着姨妈过，姨妈家孩子多，只能勉强管他吃穿。所以少教养，调皮捣蛋，无所不为。所有的老师一提到他，都头疼不已。

老师，你记得那次玻璃事件吗？他在电话里问。

当然记得。那是我接手他们班才一个星期，他就惹出一件事来，与同桌打架，打破窗玻璃，碎玻璃划破他的手，鲜血直流。

你把我找去，我以为，你也和其他老师一样，会把我痛骂一顿，然后勒令我写检查，把我姨妈找来，赔玻璃。但你没有，你把我找去，先送我去医务室包扎伤口，还问我疼不疼。后来，你找我谈话，笑眯眯地看着我说，以后不要再打架了，你打了人，也会让自己受伤的，对不对？那块玻璃你也没要我赔偿，是你掏钱买了一块重新安上的。他沉浸在回忆里。

我有些恍惚，旧日时光，飞花一般。隔了岁月的河流望过去，昔日的琐碎，都成了可爱。他突然说，老师，你做的这些，我很感动，但真正震撼我的，却是你当时说的一句话。

这令我惊奇。他让我猜是哪句话，我猜不出。

他开心地在电话那头笑，说，老师，你对我说的是，你并不是个坏孩子哦。

就这么简单的一句话，却让他记住了十来年。他说他现在也是一所学校的老师，他也常找调皮的孩子谈话，然后笑着轻拍一下他们的头，对他们说一句，你并不是个坏孩子哦。

一句话，对于说的人来说，或许如行云掠过。但对于听的人来说，有时，却能温暖其一生。

@ 微心语

一个不经意的善意举动，可能会带给对方深深的感动。一句话，或许如行云掠过，有时却能让人温暖一生。

善心如花

在一个陌生的小城歇脚，看到小城车站窗口悬挂着一个爱心箱。箱子其实是个普通的箱子，木头的，外表漆成养眼的草绿色。

上面用红漆写着三个大字：爱心箱。走过路过的人，有留意看一下的，也有根本不在意的。询问当地人，这箱子做什么用呢？那人看一眼，笑说，是帮助落难的人回家呢。他走过去，从口袋里掏出一枚硬币投进去。

陆续地，有人亦走过去，捐出身上的硬币。

原来，这是一个捐款箱。所得资金，全部用来帮助车站上落难的旅客，让他们能顺利返家。据说这个爱心箱，已先后使几百人受益，爱心洒向全国各地。

突然觉得这个小城芳香四溢起来。一个人的一元不多，但很多人的一元，就能汇成一条爱的河流。我也走过去，投进去一元。我不知道我的那一元，会助谁踏上回家的路。当他顶着外面的风寒，推开家门，扑进家的温暖里，我想，他的心中，一定有花在开。

我的单位附近，卖吃食的小摊子多，各色各样的点心小吃，花样迭出，让人应接不暇。其中，有一卖茶馓的，却很少变换花样，她终年只卖一样，就是茶馓。那是一个中年妇人，头发有些灰白，成天套一件格子围裙。她守着她的摊子，并不叫卖，只安静坐着，生意却好得很，去买她茶馓的人，总是很多。不少的人，都是老顾客了，见面了，远远就招呼开了。

每次大家也不多买，就买上一元两元的，抓在手里，坐她边上吃，她会提供些白开水。大家一边吃，一边和她唠家常，说些天气如何之类的家常话。她呵呵笑着，眼角的鱼尾纹，全堆到一起。

我以为，茶馓一定很好吃。一次特地跑去买，尝过后，有些意外，味道实在太一般了。

她那里的顾客，却仍不见减少。有时我下班路过，她的摊子边，围着一圈人，都在吃茶馓，很热闹。这让我费解。

后来无意中听到她的故事。原本有着和美的一个家，却意外发生变故，一场车祸，儿死夫丧，她自己也断掉两条腿，靠卖茶馓维持生计。

知道她故事的人，都跑去买她的茶馓。渐渐地，这成了大家约定俗成的事。

　　我也常去了。每次只买一元，有时坐她旁边吃完，有时不。她笑笑的，我也笑笑的，很愉快。

　　那儿，新近又冒出几家小吃食摊子来，香喷喷的，直钻人鼻孔。她的生意，却没有因此受到影响，每次从她摊前过，我都看到有人在她那儿吃茶馓。忍不住感动，想，她终究是个幸运的人呢，被这么多善心包围着。

　　这样的善心，是这个世上不败的花朵。生命在，它的芳香就在。或许不浓烈，却一点一点，沁人心脾。

@ 微心语

　　爱是一盏灯，不光照亮别人，也温暖着自己。捧一颗爱心踏上我们的人生之路，我们的一生也将在爱心里度过。

五十二元的萍水相逢

那是二十世纪七十年代的事了。年轻的父亲，抱着我的姐姐，在上海街头踯躅。姐姐那时五岁，活泼好动。在家因无人照应，爬到一锅沸水里，等母亲发现时，她的双腿已被沸水严重烫伤。剥衣服时，顺带剥下一层皮来。乡下的医院简陋，这样的烫伤，根本无法医治。都说上海的大医院，什么设备都先进，父亲于是变卖掉家里所有值钱的东西，带着姐姐，从苏北赶到上海。

冬天的上海，虽还是满目的流光溢彩，但寒冷却是真切的。风，一阵阵袭向衣衫单薄的父亲。裹在大衣里的姐姐，因疼痛，一路啼哭不止。父亲一遍一遍哄她："乖，不哭，等找到医院后，爸爸给你买肉包子吃。"姐姐那时吃过的最好的东西，莫过于肉包子了。那还是母亲带姐姐走城里亲戚，亲戚家用肉包子招待母亲，姐姐自此留下深刻的印象。父亲一说肉包子，她的眼前立即亮了，哭声也小了下去。

　　为了省钱，父亲舍不得坐车。他抱着姐姐，从轮船码头，一路走去医院。等看到"上海市第一人民医院"那醒目的大牌子时，父亲长长松了一口气。医院旁边刚好有卖肉包子的，父亲想起对姐姐的承诺，高兴地对姐姐说："乖，现在爸爸就给你买肉包子吃。"姐姐挂着泪花的脸上，绽开了笑。然而等父亲掏钱时，才发现，口袋空空，竟连一分的硬币也没有了。那贴着肌肤揣着的一百多块钱，不知何时，已不翼而飞。父亲只觉得头"嗡"了一下，眼前顿时一片空白。

　　是姐姐的哭声，唤醒发呆的父亲的。他抱着哭泣的姐姐，喃喃问："怎么办，怎么办呢？"在那吃饭还成问题的年代，一百多块钱，对于乡下人来说，无疑是一笔巨款。无钱，姐姐就住不了医院。父亲张眼四周，满目陌生。他的心，冻成寒夜里的冰坨坨。

　　暮色，渐渐合拢。街头，璀璨的灯火亮起来。父亲抱着姐姐，茫然地走在大街上，万家灯火后，是暖暖的相守。而他，不知能往哪儿去。又饥又疼的姐姐，哭得嗓子都哑了，只剩下干泣。

　　被情势所逼的父亲，实在无奈了，抱着姐姐向过路人求救。他站在路边，望了一通南来北往的人，决定先找老年妇人求救。在他的感觉里，老妇人大抵都是面善心也善的，或许可以帮一帮他。他拉住一位路过的老妇人，才嗫嚅着想开口，那老妇人警惕地一甩手，惊叫："你要干什么？乡巴佬！"

父亲又先后向不少人求救，大家要么冷漠地摇摇头，要么爱莫能助地叹口气。失望至极的父亲，抱着姐姐，走进一个小胡同。胡同口，一家面店里，热气蒸腾。里面坐着三三两两的吃客，看样子，都是外地人。父亲站门口望一会儿，抵不过那份温暖，抱着姐姐进去了。他只想坐里面暖和一会儿。

父亲在一个跟他年纪相仿的男人对面坐下来，那个男人，正专注地喝着一碗面汤，面前摊着两个自带的馍。很显然，那人也来自乡下，且是很偏僻的乡下。父亲从他喝汤的姿势以及衣着上就可以判断出。他喝汤时，是埋着头呼呼呼地喝的，身上的衣着，打着补丁不说，因洗过多次，几乎分不清原有的颜色了。父亲坐下时，男人抬头看父亲一眼，又低头喝面汤。这时，父亲怀里的姐姐，突然用微弱的声音叫："爸爸，我饿。"父亲抱着姐姐一边晃，一边哄："乖，忍一忍，爸马上给你买吃的啊。"姐姐说："我要吃肉包子。"父亲答："好。"泪，再也忍不住，从他脸上滑下来。

这一切，都被对面喝面汤的男人看在眼里，在一碗面汤喝完后，他问父亲："你孩子怎么了？"父亲叹口气，把发生的事，从头说了一遍。当时的父亲并不指望着那个男人会帮他，他只是想倾诉。

男人听完父亲的故事，走过来，看了看父亲怀里的姐姐，转身去给父亲要了一碗面。父亲难以置信地看着他，他只是面无表情地说："吃吧，孩子怪可怜的，别饿坏了。"说完这话，他就走了。

一碗面，足以让父亲充满感激。父亲喂饱姐姐，自己也喝了一点面汤。他脑子里还在想着那个好人时，却看到那个男人回转来，带了两个热包子。男人径直走到他跟前，把热包子给了姐姐，而后掏出一些零碎的票子，放到桌上。男人对父亲说："这些钱，你暂时应应急吧，孩子的病耽搁不得。"

当时一激动，父亲竟忘了记下对方的姓名地址，只知道他姓刘，从安徽来的，也是带孩子来看病的。父亲问过他："那你孩子怎么办？"他说："我孩子的病，是慢性的，可以拖一拖的。"

那堆零碎的票子，一共五十二元。父亲凭着这些钱，给姐姐办了住院手续。等他把姐姐安置下来，才想起，得找恩人要一要姓名地址，日后好把钱还给人家。他找遍医院的角角落落，也没找到那个男人。

姐姐因住院及时，创伤部分得到很好的医治，没有落下残疾。父亲带着康复的姐姐，从上海返回前，又在医院里找了一通恩人，还是没找到。父亲后来想了一个办法，在一张白纸上写下一通表白，贴在医院门口。大意是好心的安徽刘大哥，我的女儿在你的帮助下，已康复了。由于我忘了问你的姓名、地址，没办法回报你的恩情。请你看到我的留言后，写信与我联系。我会把借你的钱还你。底下是父亲的通信地址。

头些年，父亲还存了奢望的，一有空就往村部跑，看看有没有来自安徽的信。后来，也就渐渐失望了。他常常凝望着远方，喃喃自语，不知那个好人现在怎样了。

　　而在母亲装银坠的一个小木盒里，有父亲当年放进去的五十二元钱，这么多年过去了，父亲一直没有动它。他今生最大的愿望，就是能再次遇到那个男人，当面交还五十二元钱，然后深情地对恩人说一声："谢谢。"

@ 微心语

　　报恩的意义不仅仅是给恩人心灵上的慰藉，更多的是为社会注入一股温情的暖意，让彼此戒备而冰冻的心逐渐融化。

一朵栀子花

从没留意过那个女孩子，是因为她太过平常了，甚至有些丑陋——皮肤黝黑，脸庞宽大，一双小眼睛老像睁不开似的。

成绩也平平得很，字迹写得东扭西歪，像被狂风吹过的小草。所有老师极少关注到她，她自己也寡言少语。以至于有一次，班里搞集体活动，老师数来数去，还差一个人。问同学们缺谁了。大家你瞪我我瞪你，就是想不起来缺了她。其时，她正一个人伏在课桌上睡觉。

她的位置，也是安排在教室最后一桌，靠近角落。她守着那个位置，仿佛守住一小片天，孤独而萧索。

某一日课堂上，我让学生们自习，而我，则在课桌间不断来回走动，以解答学生们的疑问。当我走到最后一排时，稍一低头，我突然闻到一阵花香，浓稠的，蜜甜的。窗外风正轻拂，是初夏的一段和煦时光。教室门前，一排广玉兰，花都开了，一朵一朵硕大的花，栖在枝上，白鸽似的。我以为，是那种花香。再低头闻闻，不对啊，分明是我身边的，一阵一阵，固执地绕鼻不息。

　　我的眼睛搜寻了去，就发现了，一朵凝脂样的小白花，白蝶似的，落在她的发里面。是栀子花呀，我最喜欢的一种花。忍不住向她低了头去，笑道："好香的花！"她当时正在纸上信笔涂鸦，一道试题，被她肢解得七零八落。闻听我的话，显然一愣，抬了头怔怔地看我。当看到我眼中一汪笑意，她的脸色，迅速潮红，不好意思地嘴一抿。那一刻，她笑得美极了。

　　余下的时间里，我发现她坐得端端正正，认真做着试题。中间居然还主动举手问我一个她不懂的问题，我稍一点拨，她便懂了。我在心里叹，原来，她也是个聪明的孩子呀。

　　隔天，我发现我的教科书里，不知什么时候多了一朵栀子花。花含苞，但香气却裹也裹不住地漫溢出来。我猜是她送的。往她座位看去，便承接住了她含笑的眼。我对她笑着一颔首，是感谢了。她脸一红，再笑，竟有着羞涩的妩媚。其他学生不知情，也跟着笑。而我不说，只对她眨眨眼，就像守着一段秘密，她知道，我知道。

　　在这样的秘密守候下，她发生了翻天覆地的变化，活泼多了，爱唱爱跳，同学们都喜欢上她。她的成绩也大幅度提高，让所有教她的老师，再不能忽视。老师们都惊讶地说："呀，看不出这孩子，挺有潜力的呢。"

几年后，她出人意料地考上一所名牌大学。在一次寄给我的明信片上，她写上这样一段话："老师，我有个愿望，想种一棵栀子树，让它开许多许多可爱的栀子花。然后，一朵一朵，送给喜欢它的人。那么，这个世界，便会变得无比芳香。"

是的是的，有时，无须整座花园，只要一朵栀子花。一朵，就足以美丽其一生。

@ 微心语

一朵栀子花，淡淡花香，久久远远，因为简单而纯真，因为淡然而美好。做人如同栀子花，平淡、持久、朴素的外表下，蕴含的是对他人纯真美好的关爱。

感激一杯温开水

这是朋友讲的故事。

十来年前，他还在深圳打工，整天帮人家淘下水道，走哪儿，身上都一股下水道的异味，很让人侧目。所以，他一般不到热闹中去。那个城市的繁华和优雅是那个城市的，装不进他兜里一点点，他住工棚，倚墙角吃冷馒头。

一日，天下雨，是深秋的雨。虽说是在深圳，那雨，也带着寒意。他当时已淘好一家酒楼的下水道，雨大，回不了，就倚在酒楼的檐下躲雨，然后掏了怀里的冷馒头吃。

冷。他抱臂，转过脸，隔了酒楼玻璃的窗，望见里面蒸腾的热气和温暖。一些人悠闲地在吃饭，他想，若是有一杯热热的茶喝，多好。呵呵。他在心里面笑着对自己摇头，怎么可以那样奢望呢？他看天，只等雨息，好回他的工棚去。

这时，酒楼的门忽然开了，一位服务员径直走到他跟前，彬彬有礼地对他说:"先生,您请进。"他愣住了,结巴着说:"我,我,不是来吃饭的,我,只是躲会雨。"服务员微笑,说:"进来吧,外面雨大。"朋友拒绝不了那样的微笑,鬼使神差地跟进去了。进去时,他暗地里想,想宰我?没门!我除了身上的破衣裳,什么也没有。

他被引到一张椅子上坐定,脑子还没来得及想什么呢,另一个服务员就端来一杯温开水。"先生,请喝水。"同样的彬彬有礼。朋友不知道她们葫芦里卖的什么药,想,既来之,则安之。遂毫不客气地端起茶杯,把一杯水喝得干干净净,且把怀里的另一个冷馒头掏出来吃了。服务员又帮他续上温开水,他则接着喝,喝得身上暖暖的,额上沁出细密的汗,舒坦极了。

后来,雨停了,他以为那些服务员会来收钱的,但是没有。他坐等一会儿,还是没有一个人来问他。刚才喊他进来的服务员正站在大门口送客,他忍不住走过去问:"白开水不收钱吗?"服务员微笑:"先生,我们这儿的白开水是免费的。"

那一杯白开水的温暖从此烙在了朋友的记忆里,每每谈到深圳人,朋友的眼里都会升起一片感激的雾来。

朋友后来从深圳回来发展,也开一家酒楼。他定下一条规矩:凡是雨天在酒楼檐前躲雨的人,都要请到店里来坐,并且要给人家倒上一杯温开水。

他酒楼的名声因此而打响,那是朋友没想到的,许多人提到他时都会说:"那个老板好啊,下雨天,不管大人小孩,不管城里人乡下人，在他屋前躲雨，他都会请到屋里坐的，并且提供免费的温开水。"

仅仅一杯温开水，就温暖了一个人一生的记忆，甚至产生连锁反应。世界的美好，因此而摇曳在一杯温开水之中。

@ 微心语

学会敞开心扉关爱他人，当爱心像玫瑰花儿一样散发芬芳的时候，你的人生也会因此丰盈富足。

一路阳光

　　这个故事，是听来的。说故事的，是我一个写作上的朋友。那日，他看完一家电视台的访谈节目后，抑制不住激动，给我打来电话，他说："我要说一个故事给你听，你一定会感动。"

　　故事是有关一个拥抱，一个警察的拥抱。警察是个平凡的警察，平凡得一如大街上的你我。他是一名刑警，刑警的工作，是最无规律可循的，哪里有案件，哪里就有他们的身影。而案件什么时候能侦破，也是最说不定的，可能一两天，也可能会耗上三五个月。于是他们就成了真正被时间牵着走的人，到处奔波，去寻蛛丝马迹。

　　他们在生活里，也有爱，有家，却常愧对那一份爱，那一个家。故事里的刑警，就是这样一个人，他有一个爱他的妻，有一个温馨的家。然他常常回不了家，只留他的妻，独自支撑他们的岁月。他的妻，是有怨言的，但又能如何？她选择了刑警，也就选择了无尽的等待和牵挂，她渐渐习惯了这样的日子。

可是，她怀孕了。怀孕了的女人，是纤弱的，是该被丈夫捧在手心里的。她的丈夫，却常不在她身边，十天半月不见人影。那一天，她又要去医院做孕期检查，别的女人去，都有丈夫千般呵护万般疼爱着，唯独她，形只影单，像个被爱遗弃的人。这一回，她是铁定了心，要他陪她去的。他也是充满愧疚地许诺，这次，一定陪她去。然而，突发性的案件来了，他要立即赶往案发现场。

她委屈的泪，成串。他能给予她的，只是一个深深的拥抱，临别时，他在她耳边轻声说："亲爱的，我的这个拥抱，是有魔力的，它会保佑你一路平安。"她当然不信，却还是在他深深的一个拥抱中，含泪笑了。

他奔赴案发现场，她一个人，去医院。奇迹就是这个时候发生的，她发现，一路上，几乎所有的人，都对她微笑致意，仿佛真的有谁施了魔法，在他们脸上，洒下阳光，一路的花都开了。她上公交车，座位已满，可是人们看到她，都争着站起来让座位给她，还一再叮嘱她："小心啊。"她到医院，妇产科门口正排着长长的队，这天去做检查的孕妇多，大家看到她，却自觉地让出一条道来，笑着示意她先去做检查。做检查的女医生，这天的笑容也特别和暖，给她做得既仔细又认真，临了还殷殷关照："你若感到哪里不舒服，随时来啊。"

这一天，她像一个备受世界疼爱的公主，走到哪儿，都受到人们特别的照顾和尊重。天蓝蓝的，云白白的，一路阳光，一路花香。她幸福地想，丈夫说得没错，他的拥抱，真的具有魔力啊。她哪里知道，秘密就在她背后的衣上，那是丈夫在拥抱她时，悄悄贴上去的字条，字条上写着："我是一名刑警，因工作太忙，无暇照顾我怀孕的妻子，大家若看到她，请多多关照。"

故事发展到这儿，我想流泪。不是因为那张字条，而是因为看到字条的人们，他们没有漠视地走开，而是用心底的善和爱，铺出一路阳光。他们没有让一颗心失望。

@ 微心语

在自己的内心，为他人点亮几盏永不会熄灭的灯，在遭遇黑暗的时刻，温暖的灯光能支持他人穿越漫长孤独的旅程。

一袋野山菌

一溜排开的小摊子，在山脚下，女人们守着，脸庞一律的红黑。是些卖山货的，篾篮里装着野蘑菇野山菌野核桃之类的。

这是北方，天空明净得如同水洗过。山民们的笑，也如水洗过的天空一样明净，她们热情招呼每一个走过她们摊前的游客："买点山货带回家呀。"

我吃过野山菌炖鸡，味道实在好。我站到一个卖野山菌的摊前，看那些野山菌。女人抬脸冲我笑，伸手抓一把野山菌递给我："你尝尝，香着呢。"我惊讶："可以生吃的?"女人乐了："山上长出来的，有什么不能吃的?"这是大山人的骄傲。

舌尖上盘旋着野山菌的香，我放下二十元钱，说我买二十元的野山菌。女人高兴地答应一声："好嘞。"麻利地装袋称秤，秤杆翘得高高的，二十元钱居然可以买一大袋。导游小姐这时突然找了来，说："大家都在等你呢，要上山了哦。"我有些歉疚，袋子未拿，我冲女人说："先放你这里，我回头来取。"赶紧跟着导游小姐走了。

两小时后，我们回头，一溜的摊子里，却再也找不到那个女人了。同行中有人知道这事，笑我的傻，说我被骗了。我表面上笑着，心里却疙瘩着，二十元钱事小，却让我信任他人的一颗心，受了伤。

回来，说起北方，有明净的蓝天和云朵，有好吃的水果和菜肴，却有一处，生生被我绕过去，仿佛纯白的衣上，沾了一块油渍。

日子一天一天滑过，北方的野山菌，渐渐被我淡忘。却于一日午后，突然收到一个包裹，包裹里，装着晒干的野山菌。随包裹寄来的是一封信，信是我在北方游玩时跟的那个团的导游小姐写来的，信中说，那个女人，当时她的母亲出了事，未来得及等我，就回去了。几天后，女人的母亲过世，等女人处理好一切再到山脚下，已等不到我了。女人便天天守那儿等，风雨无阻。看见有导游带团过去，就追上前去问人家，你们有没有客人搁了野山菌在我这儿？直到有一天，她再次带团进山，碰到那个女人，一下子想起我的野山菌。

我珍藏了这袋野山菌。袋子里，散出淡淡的香，经久在我的日子里。

@ 微心语

我们无意做小人，却会有小人的胸怀，会犯小人的错误，常在不经意之间伤害了一颗谦谦君子之心。

眼泪的力量

多年未见的初中同学，意外相遇，笑望中，多少岁月，都飘成过往。昔日那个蹦蹦跳跳的少年呢？淡黄的底片上，影像模糊。却清楚地记得，有那样一个李姓老师，身上散发出慈悲的光芒。

教我们那年，他已很老很老了。满头银丝，戴副金边眼镜。镜片透明，可以清晰地看见镜片后他那双眼睛，小小的，一条缝儿似的。或许不是小，而是他看人时总是眯着双眼。说话语气温和，慈祥得很。

他第一次进课堂，一群年少轻狂的孩子，就试出他是好欺负的。讲台前横七竖八躺着笤帚、簸箕，都是我们这群孩子干的——打闹玩斗，这是少不了的工具。其他老师进来看到这场景，一定大为恼火，而后我们中的某一个同学，或某几个同学，便会灰溜溜上去把"战场"收拾好，课后，还得认真写一份检查，在全班朗读。

他没有这样做，而是笑眯眯看着我们，说了声："你们这些调皮蛋啊。"他自己动手收拾好散乱一地的工具，转身看黑板，黑板上全是我们的涂鸦，杂草丛生的荒野似的。我们以为他就要发火了，却没有，他宽容地笑笑，认真地评价哪幅画画得不错，然后拿了黑板擦一边仔细地擦，一边吩咐我们朗读课文。我们读得如同鸭叫，他却听得很陶醉，下了讲台，在教室里来回走，眯了眼，把我们一一亲切地看过。

再上他的课，我们胆大起来，公然拿了课外书放桌上看。说话的，唱歌的，都有。课堂如同开茶馆。他手足无措站在讲桌前，请求般地说："孩子们，可以安静一会儿吗？"这话听得人心里柔软，纵使我们再年少轻狂，也因了这句话，怔一怔，教室里有片刻的安静。

我们的班主任却与他相反，是个血气方刚的年轻人，班上最调皮的男生都怕他。班主任每次遇到李姓老师，都会谦恭地叫声李老师好，而后关照："班上有谁不听话，你告诉我就行了。"他每次都摇头，笑着说："孩子们听话着呢。"这话被我们听到，到班上学说，引起一阵哄笑。轮到他上课时，我们变得更是有恃无恐了。

又一次上他的课，有两个学生，在座位上斗嘴，斗着斗着，竟动起手来。教室里很快乱成一锅沸腾的粥。他走过去拉，脸都急红了。混乱中谁听他的？他突然挤到两个动手的学生中间，眼泪从镜片后流下来，他说："你们要打，就打我吧。"

所有的喧闹，一下子沉静下来，空气凝固了。那坠于他腮边的泪，一滴一滴，滴在我们年少的心上。从此，再没有学生在他的课上调皮捣蛋。那一滴一滴晶莹的泪水，教会了我们什么叫善良，什么叫仁爱。

@ 微心语

老师应是一道彩虹，不出现在雨后，也不出现在天空，却时刻出现在学生心中，高举美的旗帜，充当善的信使，播撒真的种子。

Chapter 03

青春不留白

原来，所有的青春，都不会是一场留白，不
管如何自卑，它也会如五月的槐花，开满枝头，
在不知不觉中，绽出清新甜蜜的气息来。

粉红色的信笺

忘不了我一伸手时，她脸上的惊慌。像只受惊的兔子，两只大眼无处转移视线，扑棱棱地乱撞着，手攥得紧紧的，一抹潮红，像水滴在宣纸上，迅捷洇满她青春的脸庞。

那是高考前夕，学生们都低头在自修，每颗脑袋像极饱满的向日葵，沉甸甸地低垂着，是丰收前的一种沉重。我在课桌间来回转着圈，不时解答一两个疑问。在这期间，她一直目不斜视地坐在座位上，快速地写着什么。她面前摊着课本，但我还是在那课本下轻易就发现了一张粉红色的信纸，纸上飘着点点梅花，雪花似的。她的字一个个落到那上面，也如同盛开了的小花。我站她身后看好一会儿，确信她写的东西完全与学习无关。所以，在她即将结束的时候，我含笑地向她伸出手去："给我——"虽是温柔的低声的，却不容置疑。她愣怔半天，慢慢地把手上的东西递过来。

教室里平静如常，没有学生注意到这边的一幕。我把那张纸小心地折叠好，然后又递给她，我笑说："青春的东西，要收好。"她很意外，吃惊地看我。我俯过头去，耳语般地对她说："老师也曾青春过，这也曾是老师的秘密。"然后直起身来，轻轻拍拍她的肩，对她微笑。她脸上的表情开始放松了，最后舒展成一个灿烂的笑，像三月的桃花。我对她点点头，我说："看书吧。"她听话地翻开课本，一脸的释然。

半年后，我收到一封从一所名牌大学寄来的信，是她写的，信纸是我见过的那种，粉红色的，上面飘着点点梅花，雪花似的。她在信中写道："老师，感谢你用最美丽的方式，保留了我青春的完整。当时我以为我完了，我不敢想象那后果，我以为接下来该是全班同学的嘲笑，该是校长找了谈话，该是家长到学校来。真的那样之后，我还能抬起头来吗？我不敢想象我还能心态正常地参加高考。"最后她写道："老师，谢谢你，给了我一个台阶，一个最堂皇的理由。"

青春的岁月里，原是少不了一些台阶的，得用理解、用宽容、用真诚去堆砌，一级一级，都是成长的阶梯。

@ 微心语

年轻人犯错，上帝都会原谅的。在无畏的青春岁月里，请善待每一颗年轻的心，宽恕每一个幼稚的错。

青春不留白

读中学的时候，我在离家很远的镇上读书，借宿在镇上的远房亲戚家里。虽说是亲戚，但隔了枝隔了叶的，平时又不大走动，关系其实很疏远。是父亲送我去的，父亲背着玉米面、蚕豆等土产品，还带了两只下蛋的老母鸡。父亲脸上挂着谦卑的笑容，让我叫一对中年夫妇"伯伯"与"伯母"。伯伯倒是挺高兴的，说自家孩子就应该住家里，让父亲只管放心回去。只是伯母，仿佛有些不高兴，一直闷在房里，不知在忙什么。我父亲回去，她也仅仅隔着门，送出一句话来："走啦?"再没其他表示。

我就这样在亲戚家住下来。中午饭在学校吃，早晚饭搭在亲戚家。父亲每个月都会背着沉沉的米袋子，给亲戚家送米来。走时总要关照我，在人家家里住着，要眼勤手快。我记着父亲的话，努力做一个眼勤手快的孩子，抢着帮他们扫地洗菜，甚至洗衣。但伯母，总是用防范的眼神瞅着我，不时地说几句。菜要多洗几遍，知道吗？碗要小心放。别碰坏洗衣机，贵着呢。农村孩子，本来就自卑，她这样一来，我更加自卑，于是平常在他们家，我都敛声静气着。

亲戚家的屋旁，有条小河，河边很亲切地长着一些洋槐树。这是我们乡下最常见的树，看到它们，我会闻到家的味道。我喜欢去那里，倚着树看书，感觉自己是只快活的小鸟。洋槐树在五月里开花，花白，蕊黄，散发出甜蜜的气息。每个清晨和傍晚，我几乎都待在那里。

不记得是哪一天看到那个少年的了。五月的洋槐花开得正密，他穿一件红色毛线外套，推开一扇小木门，走了出来。他的手里端着药罐，土黄色，很沉的样子。他把药渣倒到小河边，空气中立即弥漫了浓浓的中草药味。少年有双细长的眼，眉宇间，含着淡的忧伤。他的肤色极白，像头顶上开着的槐树花。我抬眼看他时，他也正看着我，隔着十来米远的距离。天空安静。

这以后，便常常见面。小木门吱呀一声，他端着沉的药罐出来，红色毛衣，跳动在微凉的晨曦里。我知道，挨河边住着的，就是他家。白墙黛瓦，小门小院。亦知道，他家小院里，长着一丛茂密的蔷薇，我看到一朵一朵细嫩粉红的花，藏不住快乐似的，从院内探出头来，趴在院墙的墙头上笑。

一天，极意外地，他突然对着我，笑着说了声"嗨"。我亦回他一个"嗨"。我们隔着不远的距离，相互看着笑，并没有聊什么，但我心里，却很高兴很明媚。

蔷薇花开得最好的时候，少年送我一枝蔷薇，上面缀满细密的花朵，粉红柔嫩，像年少的心。我找了一个玻璃瓶，把它插进水里面养，一屋子，都缠着香。伯母看看我，看看花，眼神怪怪的。到晚上，她终于旁敲侧击地说，现在水费也涨了。又接着来一句，女孩子，心不要太野了。像心上突然被人生生剜了一刀似的，那个夜里，我失眠了。

第二天，我苦求一个有宿舍的同学，情愿跟她挤一块睡，也不愿再寄居在亲戚家里。我几乎是以逃离的姿势离开亲戚家的，甚至没来得及与那条小河作别。那一树一树的洋槐花，在我不知晓的时节，落了。青春年少的记忆，成了苦涩。

转眼十来年过去了，我也早已大学毕业，在城里安了家。一日，我在商场购物，发觉总有目光在追着我，等我去找，又没有了。我疑惑不已，正准备走开，一个男人，突然微微笑着站到我跟前，问我，你是小艾吗？

他跟我说起那条小河，那些洋槐树。隔着十来年的光阴，我认出了他，他的皮肤不再白皙，但那双细长的眼睛依旧细长。

——我母亲那时病着，天天吃药，不久就走了。

——我去找过你，没找到。

——蔷薇花开的时候，我会给你留一枝最好的，以为哪一天，你会突然回来。

——后来那个地方，拆迁了。那条小河，也被填掉了。

　　他的话说到这里，止住。一时间，我们都没有了话，只是相互看着笑，像多年前那些微凉的清晨。

　　原来，所有的青春，都不会是一场留白，不管如何自卑，它也会如五月的槐花，开满枝头，在不知不觉中，绽出清新甜蜜的气息来。

　　我们没有问彼此现在的生活，那无关紧要。岁月原是一场一场的感恩，感谢生命里的相遇。我们分别时，亦没有给对方留地址，甚至连电话也不留。我想，有缘的，总会再相见。无缘的，纵使相逢也不识。

　　@ 微心语

　　在那如歌的岁月，我们曾经怦然心动，我们也曾淡淡怅惘，一切都是淳美而又心醉神迷，都是值得我们永远回味的幸福……

栀子花，白花瓣

在我们那所植满栀子的中学校园里，张丹绝对是个风云人物：上课经常迟到；作业从来不交；和社会上一帮小青年鬼混；有男生为争她大打出手；玩世不恭；等等。我的同事朱说起她来，是切齿着的。那日，她去他们班上课，课上到中途，张丹突然在底下敲起课桌肚来，笃笃笃，笃笃笃，一声声，极有节奏的。寂静的教室，仿若平静的湖水，被突然扔进了一块石，腾起浪花无数朵。朱当时气得拿眼瞪她，她倒好，镇静自若地继续敲击，嘴角边还浮上轻蔑的笑。等她敲得索然无趣了，她竟不紧不慢地拿话噎她的老师："看什么看，我长得比你好看！"这事让我的同事朱备受伤害，她再不肯去他们班上课了。

张丹的家庭背景也不一般，父亲是小有名气的公司老总，在张丹读初中时，与她母亲离婚，又娶一年轻女人。那女人，比张丹大不了几岁。母亲离婚后，远走他乡，从此，音信杳无。

张丹跟了父亲，却被单独地扔在一幢大房子里，由父亲找来的保姆照应着。

我接他们班时，高二。第一天上课，张丹姗姗来迟。她半倚着门，斜睨着我，嘴唇红艳，紫色的眼影，抹得浓郁。吊带衫，牛仔短裤，脚上一双凉拖，十个脚指甲，全涂上蔻丹。很风尘的样子。

我微笑，说："进来吧。"她可能没料到我会是这种态度，愣一愣，一摇三摆地进了教室。课上，她不时地做些小动作，譬如掏出小圆镜子照，把书本拿上拿下的，她在观察我的反应。我面带微笑地上着我的课，偶尔让眼光掠过她，也还是微笑着的。她到底沉不住气了，用手指敲起课桌来，笃笃笃，笃笃笃。全班同学紧张地看着我，以为我要发火了。我却笑眯眯看着她："张丹，你的节奏感真强，你的歌一定唱得不错。"

张丹完全蒙了，她呆呆望着我，一时不知怎么办才好。我提议："我们现在就请张丹同学唱一首，大家说好不好？"学生们自然高兴，齐声叫："好！"掌声响得哗啦啦。张丹的脸，在那一刻红了。我暗地想，她原来也会羞涩的，她不过是个小女生。

那天，她唱了刘若英的《后来》。她唱得很投入，声音甜美，感情真挚。厚的脂粉下，掩映的原是一张天真的脸。她唱完，教室里爆出经久的掌声。我由衷地叹："张丹，你唱得真好，你把人们回忆青春时的疼痛，给唱出来了。栀子花，白花瓣，落在我蓝色百褶裙上——多单纯的时光，像现在的你一样呢。"

张丹仰着头看我，我看见她的眼里，慢慢渗出泪。她忍几忍，终没忍住，那泪，掉下来，大颗大颗的。课后有学生跑来找我，说张丹伏在桌上哭了很久，哭得号啕，把班上的同学都吓坏了。我对那个学生说："没事的，让她哭一会儿吧。"

再去上课，张丹端坐着听，少有的安静。课间作业时，我路过她身边，看到她在一张纸上乱涂：爱，不爱。爱，不爱。就这几个字，涂了满满一大张。我弯腰过去，她赶紧用手捂住纸，手指甲上，桃红的指甲油，欲滴。我悄声与她耳语："张丹，你若不化妆，会更好看的。"她吃惊地看着我，我又补充一句："像栀子花一样的好看，真的。"说完我走开，回头看见她愣愣地，盯着我的背影看。

这之后，突然好几天不见她。其他老师说："这太正常了，她上课都是三天打鱼两天晒网的，反正她又不愁以后没饭吃，她老子有的是钱。"我电话过去，她的保姆接的，保姆说，病了。我去看她，路过一家花店，我买了一束姜花带过去。一朵朵洁白的姜花，很像栀子花，淡黄的蕊，白的花瓣儿，落在墨绿的叶间，看上去洁净极了。

张丹看到我带去的姜花，良久没说话。她把姜花抱在怀里，哭了。她撸起袖子，让我看她胳膊上的刺青，上面是一个"爱"字。十四岁时就恋上一个人，一帮青年中的一个，染黄头发，穿奇装异服，把摩托车开得如放箭。那时父母离婚，她正满世界寻找温暖，遇见他，他把她抱坐到摩托车后面，迎着风开。

猎猎的风，吹扬起她的发，她的衣，她的心。刹那间，她忘记了所有的不快乐，父亲，母亲，父亲的那个女人，都被风吹散了，无影无踪了。从此，她跟定了他，她为他涂脂抹粉，为他忍着疼痛，在胳膊上刻下"爱"。她以为，他会永远对她好的。可是有一天，他突然变了模样，头发重染回黑色，穿得正正规规地来见她，对她说，他要结婚了，从此不能再陪她玩了。

张丹哭得无助，张丹说："老师，我不想失去他，我要爱。"

我揽过她的肩，轻轻拍。她的小身子，在我的怀里瑟瑟。我说："你还是个孩子呢，你的青春还没开花呢。等你真的长大了，你会遇到更好的人的。现在你要做的是，好好爱自己，等着青春开花。"

张丹抱着姜花，不语。姜花朵朵，散发出清幽的香。

隔天，张丹来上课，她变得很安静。她坐在座位上，手撑着头，大半天也不动一下，眼睛仿佛越过了千重山万重水——她在想心事。我走过她的身边，看到她摊在桌上的课本上，有她重重的笔迹，写着我对她说的话：好好爱自己，等着青春开花。我朝她笑了笑，她回我一个笑。我陡然发现，她没有化妆，很素净，像邻家的小女孩。

几天后，张丹忽然来办退学手续。她说，她落下的功课太多了，再怎么用功，也不能赶上去。何况她对这些功课，也没多大兴趣。她准备去学园艺设计，已跟外地一家技校联系好了，学成后，她要开家大花店。

　　这个愿望真芳香！我祝福了她。我想，并不是所有的孩子，都适合走高考那条路的。换个环境，或许更有利于她的成长。

　　来年六月，突然收到张丹从外地寄来的信。信里面夹着她的近照，一树粉白的栀子花下，她一袭天蓝色的裙子，素面朝天，笑若白花瓣，眉间阳光点点。

　　@ 微心语

　　　一回首，一驻足，我们都会惊叹——我们以为青春
　　只过了一天，哪知时光已过了一年。一刹那，一瞬间，
　　青春就这样离我们而去。

青春底版上开过玉兰花

夏意儿念中学的时候，家离学校远，住宿。

每日黄昏，放学了，大多数同学都回家了，校园便变得空旷而宁静。她会抓一本书，去操场边。黄昏温柔，金粉一样的光线，落在一棵一棵的树上。是些荷花玉兰，五月开花，能一直开到九月，这朵息了，那朵开，碗口的花，白而稠。就那样开得烈烈的，又是悄悄的。她会倚了树，背书，心淹没在那些金粉里，美好，安静。

某一日，她的安静，突然被操场上一阵一阵的欢叫声给打断了。那是一些男老师，在操场上打篮球。在那些男老师中，她一眼看到年轻的语文老师，正迎着夕阳的方向跑。他看上去，像骑着一匹金色骏马的王子，英俊极了。她只听见自己的一颗心，嘭的一声，开了花。

自那以后，她开始留意他。他的声音好听，他走路的姿势好看，看他的一颦一笑，那么近，又那么远。她的心，开始了忧伤。学习却格外努力起来。最喜欢语文考试或作文，每次在全年级她都遥遥领先，让他的眼睛里，有了骄傲。他跟别班的语文老师说，我们班的夏意儿，语文好得没说的。她站在他边上，听着这话，微低了头笑，心快乐得要飞。他转身看她一眼，点点阳光洒过来，他说，继续保持啊夏意儿。她认真地点头，把这当作是她对他的承诺。

端午节，她特地跑回家，央母亲包多多的粽子。母亲问，要那么多吃得下吗？她说，带给同学吃呢。母亲包粽子时，她在一边相帮，挑又大又红的枣，一颗一颗洗净了，和在糯米里。母亲笑话她，这么小的丫头，就知道吃了。她不言语，只是笑。第二日，天微微亮，她就赶到学校。他的宿舍门紧闭着，想他还在睡吧。她把精心挑出的一袋粽子，轻轻放在他宿舍门口。

后来他在班上，笑问全班学生，哪位同学给我送粽子了？学生们愕然，继而都望向他笑着摇头。她也在其中，笑着摇头。他的目光，落向她又掠过她，他说，粽子我吃了，非常好吃，谢谢你们啦。

课后，同学们很是热烈地讨论了一回，到底谁给老师送粽子了？谁呢？她静静坐在一边，耳畔只是他的笑，他吃了她送的粽子呢。她因此而幸福。

元旦的时候，却传出他结婚的消息，教室里一下子沸腾起来，每位同学看上去都兴兴奋奋的。女生们争着打听他的新娘漂不漂亮，男生们则商量着给他买礼物。她一个人，跑去操场边，莫名其妙大哭一场。

再见到他，是几天后。许是新婚，他的脸上，有遮不住的甜蜜。学生们叫，老师，要吃喜糖要吃喜糖喔。他笑着答应，好。下课，他站在教室门口叫，夏意儿，你来帮我拿一下糖。她坐在位子上没动，回应，我肚子痛呢。他关心地走到她跟前，笑着问，没关系吧？要不要去看医生？她慌乱地一摇头，说，没事的。他后来叫了另一位同学去，捧来一大堆花花绿绿的喜糖，她把发到手的喜糖，转手给了同桌，说，我从不喜欢吃糖。同桌信以为真，很高兴地接了去。

她的语文成绩，自此一落千丈。

他很急，找她谈话。极温暖地看着她笑，他说，夏意儿，你知道吗，你是我任教的学生里，最聪明灵秀的一个，我希望我能有幸送你走进重点大学，那里，有属于你的金色年华。她的心里，突然就落下千朵万朵阳光，玉兰花般开放。

一颗爱的心，就此轻轻放下。后来夏意儿顺利考进重点大学，遇到了一个爱她的，亦是她爱的人。真的如他所说，她有了属于她的金色年华。

@ 微心语

　　面对年轻悸动的心和不成熟的爱，温和的爱如同平静的水面让人恬静，让青春之路走得更稳健踏实。

桃花流水窅然去

我相信，总有些青春，是这样走过来的……

———题记

　　小桥。流水。凉亭。茂密的垂柳，沿河岸长着。树干粗壮，上面布满褐色的皱纹，一看就是上了年纪的。桥这边一排平房，青砖黛瓦木头窗。桥那边一排平房，同样的青砖黛瓦木头窗。门一律地漆成枣红色。房前都有长长的走廊，圆拱门连着，敞开的隧道似的。还有长着法国梧桐的大院落，梧桐棵棵都壮硕得很，绿顶如盖。老人们说，当年这地方，是一个姓戴的地主家的大宅院。土改后，收归公家所有，几经周转，最后，改成了学校。周围六七个庄子的孩子，升上初中了，都集中到这儿来读书。门牌简单朴实，黑漆字写在白板子上——戴庄中学。

　　我念初中的时候，每日里走上六七里地，到这个中学来读书。都是十三四岁的孩子，今儿见着，还瘦小着呢，明儿再见，那个子已蹿长得跟棵小白杨似的。我也在不断地长着个头。母亲翻出旧年的衣衫给我穿，袖子嫌短了，衣摆不够长了。母亲在衣袖上接上一块，在下摆处，也接上一块。用灰的布条，或蓝的布条。我穿着这样的衣裳，走在一群齐整的同学中间，内心自卑得如同倒伏在地的小草。

有女生，父亲是教师，家境优越。做教师的父亲帮她买漂亮的裙子，还有围巾。春天了，小河两岸的垂柳，绿得人心里发痒。我们的心，也跟着长出绿苞苞来，欣喜有，疼痛有，都是莫名的。课间休息，那个女生，从小桥那头走过来，脖上系一条玫瑰红的围巾，风吹拂着她的围巾，飘成空中美丽的虹。她的头顶上方，垂下无数根绿丝绦。红的色彩，绿的色彩，把她衬托得像画中人。我确信，那会儿，全校同学的眼光，都落在她的身上。我渴盼也有条那样的红围巾，玫瑰红，花瓣儿般的柔软。然而以我家当时的经济条件，那是遥不可及的梦想。我变得忧伤。

我的身体亦开始出现了一些变化，开始长胖，开始来潮。第一次见到凳子上的殷红，我大惊失色。同桌女生悄声要我不要动，让我等全班同学走光了再走。她后来告诉我，女生长大了，每个月都要见血的。她帮我洗净了凳子，我羞愧得哭泣不已，觉得自己丑。

我变得不爱说话。即使被老师喊出来回答问题，声音也小得跟蚊子似的。班上男生女生打闹成一片，唯独我是孤独的。

男生们帮女生取绰号，他们嘻嘻哈哈地叫，女生们嘻嘻哈哈地应。但他们愣是没帮我取绰号，让我时刻提着一颗心，担心他们在背地里取笑我。一天，同桌突然告诉我，你也有绰号的呀，你的绰号叫小胖。我的心，在那一刻黑沉沉地往下掉，掉到看不见的地方去了。

地理课上，教地理的老人家，在讲台上讲得眉飞色舞。底下的学生，却兀自说着话。老人家管不了，生气得摔了书本。我前排的男生学着他摔书本，不小心带动桌上的墨水瓶，墨水瓶飞起来，不偏不倚，洒了我一身。如果换了一个人，或许我不会那么难过，可偏偏洒我墨水的男生，是我一直暗暗喜欢的。他长得帅气，成绩好，歌唱得也好，还会吹笛子。虽然他一再道歉，在我，却是莫大的伤害，我坚定地认为，他是故意的。从此看见他，跟仇人似的。心痛得无处安放。

上美术课了，同学们一阵雀跃。老师在黑板上画了一株桃花，让我们仿画。一缕春风从敞开的窗户吹进来，吹动我们的书本。有燕子在窗外呢喃。我的心，在那一刻想逃走，逃得远远的。我想起跟父亲去老街时，看见老街附近，有一片桃园，那时，桃正蜜甜在树上。若是千朵万朵桃花一齐怒放，会是什么样子——我想知道。

我突然就坐不住了，春风里仿佛伸出无数双手，把我使劲往校园外拽。我不要再见到男生的怪模样，女生的怪模样。不要再见到玫瑰红的围巾，别人有，而我没有。不要再见到前排的那个男生，他总是嬉皮笑脸着，露出一口洁白的牙。不要再见到秃顶的英语老师，眼光从镜片后射出来，严厉地盯着我问："今天天气如何怎么翻译？"

我要去看那些桃花——这想法让我兴奋。我努力按捺住跳动的心，把下午两节课挨下来。两节课后，是活动课，大多数同学都到操场上玩去了，我溜出校门。满眼是碧绿的麦子，金黄的菜花。人家的房，淹没在排山倒海的绿里黄里。风吹得人想飞。我一路狂奔，向着那片桃花地。

半路上，遇到一只小狗，有着麦秸黄的毛，有着琥珀似的眼睛。它蹲在路边看我，我也看它，我们的信任，几乎是在一瞬间达成。我行，它也行，起初它离我有几尺远的距离，后来，干脆绕到我的脚边。我临时给它起了个名副其实的名字——小狗。我叫："小狗。"它就朝我摇摇尾巴，好像很满意我这叫法。我们一路相伴着走，一人，一狗，阳光照着，很暖和。

当大片的桃花，映入我的眼帘时，天已暮。一树一树的桃花，铺成一树一树粉粉的红，仿佛流淌的河，静静地，朝着夜幕深深处流去。看得我，想哭。有归家的农人，从桃园边过，他们不看桃花，他们看着我，奇怪地问："孩子，你找谁？"

我摇着头，走开。我在心里说，我不找谁，我只找桃花。

那一晚，我一直在桃园边游荡，陪着我的，是那条半路相遇的小狗。走累了，我们钻进桃园，倚着一棵桃树睡了，并不觉得害怕。

第二天清早，我原路返回，小狗一直跟着我。在校门口，我蹲下身子，抱住它的头，不得不跟它说再见。我后来进校园，回头，看到它蹲在校门口看我，眼睛里充满不舍，还有忧伤。

学校里早就闹翻了天，因为我的离校出走。母亲一夜未睡，在外面无头无绪地找了大半宿，一屁股跌坐到教室外的台阶上，哭。当看到我出现时，母亲又惊又怒。所有人都来追问我，到底去哪里了，为什么要离校出走？他们问，我就哭，直哭得上气不接下气，哭得他们反过来劝我不要哭了。其实我那时，根本不知道自己在哭什么，觉得像做了一场梦。但哭过后，我的心宁静了，我安静地坐在教室里，读书，做作业。倒是我的同桌，想探听秘密似的，问我去了哪里。我不说。她眼光幽幽地看着窗外，向往地说："你去的地方，一定很好玩吧。"

成年后，跟母亲笑谈我年少时的种种，我问母亲："记不记得那一次我逃课？"

母亲问："哪一次？"

我说："去看桃花的那一次。"母亲"啊"一声，笑："你一直很乖的，哪里逃过课？"

@ 微心语

　　在青春岁月中经历成长，慢慢蜕变，我们学会在困境中希望，在希望中坚强，在坚强中远航……

闲花落地听无声

黄昏。桐花在教室外静静开着，像顶着一树紫色的小花伞。偶有风吹过，花落下，悄无声息。几个女生，伏在走廊外的栏杆上，目光似乎漫不经心，看天，看地，看桐花。其实，哪里是在看别的，都在看郑如萍。

教学楼前的空地上，郑如萍和一帮男生在打羽毛球。夕照的金粉，落她一身。她穿着绿衣裳，系着绿丝巾，是粉绿的一个人。她不停地跳着，叫着，笑着，像朵盛开的绿蘑菇。

美，是公认的美。走到哪里，都牵动着大家的目光。女生们假装不屑，却忍不住偷偷打量她，看她的装扮，也悄悄买了绿丝巾来系。男生们毫不掩饰他们的喜欢，曾有别班男生，结伴到我们教室门口，大叫："郑如萍，郑如萍！"郑如萍抬头冲他们笑，眉毛弯弯，嘴唇边，现出两个深深的酒窝。

"贱。"女生们莫名其妙地恨着她，在嘴里悄骂一声。她听到了，转过头来看看，依然笑着，很不在意的样子。

却不爱学习。物理课上，她把书竖起来，小圆镜子放在书里面。镜子里晃动着她的脸，一朵水粉的花。她对着镜子里的自己笑。物理老师终于忍无可忍，摔了她的镜子。隔天，她又带一面小圆镜子来。

也折纸船玩。折纸船的纸，都是男生们写给她的情书。她收到的情书，成札。她一一叠成纸船，收藏了。对追求她的男生，不说好，也不说不好。常有男生因她打架，她知道了，笑笑，不发一言。

老师们对她很不喜欢。全校大会上，校长拿她当反面教材，说某些学生早恋，再这样下去，学校要严肃处理的。大家偷眼看她，她面上全无羞愧之色，仰着脸听，微微笑着。放学后，照例和男生们打成一片，一起打羽毛球，一起骑着单车，穿过整条街道。风吹起她的长发，吹起她的衣袂，她看上去，像只扑着翅奋飞的小鸟。

高三时，终于有一个男生，因她打了一架，受伤住院。这事闹得全校沸沸扬扬。她的父母被找了来。当着围观的众多师生的面，她人高马大的父亲，狠狠捆了她两巴掌，骂她丢人现眼。她仰着头争辩："我没叫他们打！我根本不知道他们打架！"她的母亲听了这话，撇了撇薄薄的嘴唇，脸上现出嘲弄之色，说："苍蝇不叮无缝的蛋，你整天打扮得像个妖精似的，招人呢。"

我们听了都有些诧异，这哪里是一个母亲说的话。有知情的同学小声说："她不是她的亲妈，是后妈。"

这消息令我们震惊。再看郑如萍，只见她低着头，轻咬着嘴唇，眼泪一滴一滴滚下来。阳光下，她的眼泪，那么晶莹，水晶一样的，晃得人疼。这是我们第一次看见她哭。却没有人去安慰她，潜意识里，都觉得她是咎由自取。

郑如萍被留校察看。班主任把她的位置，调到教室最后排的角落里，与其他同学，隔着两张书桌的距离，一座孤岛似的。她被孤立了。有时，我们的眼光无意间扫过去，看见她沉默地看着窗外。窗外的桐树上，聚集着许多的小麻雀，叽叽喳喳欢叫着，总是很快乐的样子。天空碧蓝碧蓝的，阳光一泻千里。

季节转过一个秋，转过一个冬，春天来了，满世界的花红柳绿，我们却无暇顾及。高考进入倒计时，我们的头，整天埋在一堆练习册里，像鸵鸟把头埋进沙堆里。郑如萍有时来上课，有时不来，大家都不在意。

某一天，突然传出一个震惊的消息：郑如萍跟一个流浪歌手私奔了。班主任撤掉了郑如萍的课桌，这个消息，得到证实。

我们这才惊觉，真的好长时间没有看到郑如萍了。再抬头，教室外的桐花，不知什么时候开过，又落了，满树撑着手掌大的绿叶子，蓬蓬勃勃。教学楼前的空地上，再没有了绿蘑菇似的郑如萍，没有了她飞扬的笑。我们的心，莫名地有些失落。空气很沉闷，在沉闷中，我们迎来了高考。

十来年后，我们这一届天各一方的高中同学，回母校聚会。

当年的两层教学楼，已变成七层的科技楼了。不见了那棵开满桐花的树。那里，新砌了花坛，里面种着许多太阳花，还有虞美人，花开得欢欢的。

我们在校园里四处走，寻找当年的足迹。身边不时跑过年轻的学弟学妹，他们青春的脸庞，像极鲜嫩饱满的橙子。有老同学在操场边的一棵法国梧桐树上，找到他当年刻上去的字，刻着的竟是：郑如萍，我喜欢你。我们一齐哄笑了："呀，没想到，当年那么老实的你，也爱过郑如萍呀。"笑过后，我们长久地沉默下来，我们想起那个绿蘑菇一样漂亮的郑如萍，竟没有一个人知道她的下落。

"其实，当年我们都不懂郑如萍，她的青春，很寂寞。"一个同学突然说。

我们抬头看天，天空仿佛还是当年的样子，碧蓝碧蓝的，阳光一泻千里。但到底不同了，我们的眉梢，已爬上岁月的皱纹。细雨湿衣看不见，闲花落地听无声。有多少的青春，就这样，悄悄过去了。

@ 微心语

青春是一本太仓促的书，仓促阅读，仓促经历。当我们成熟，才会感慨无畏的青春曾抛洒多少后悔、冷漠、消极和沉沦，才会伤感尘世过滤后残留的些许单纯。

我曾如此纯美地开过花

那年，我高考失利，到邻县一所中学去复读。学校周围，住一些人家，小门小院，家家门前长花长草，还有一些泡桐树，高大得很，枝叶儿疏疏密密地掩了人家的房。四五月份的时候，泡桐树开花，一树一树淡紫的花，环绕在房子上方，像给房子戴上了花冠。我喜欢在清晨，捧了书，跑到那些树下读。那个时候，我也成了大自然中的一个，我忘了乡下孩子的自卑，我变得很快乐。

就在无数个清晨之后，我遇到了那个男孩。他穿一身白色运动衣，在练退步走，黑发飞扬，朝气蓬勃。我当时正捧着书，他笑着跟我点点头，又继续他的跑步。

我只觉得眼前有阳光在飞。那个笑容，从此印入我脑海中，挥之不去。这以后，我在清晨读书时，开始有所期待，每天听着他的跑步声临近，又听着他的跑步声远去，心里有头小鹿在跳。

后来在学校，人群里相遇，他显然认出了我，隔着一些人，他递给我一个笑，熟稔的，绵长的，有某种默许似的。我的脸，无端地红了，也还他一个笑。除了笑一笑外，我们没说过一句话。

梦里开始晃着一个影子，很多的时候，并看不真切，像远远开着的一树花，一团粉，或一团白。我开始嫌自己不够漂亮，对着镜子，把清汤挂面样的头发，拨弄了又拨弄。母亲纳的布鞋，母亲缝的土布衣，多么让我难过！我变得很忧伤。那些捉不住的忧伤，雾岚般的，淡淡地飘在我的日子里。

泡桐花落尽的时候，我要回我家乡的学校参加高考。走的那天清晨，我依然在学校门前的路上晨读，那个男孩，也依然来晨跑，穿一身白色运动衣。他跑过我身边时，放慢脚步，送我一个笑，又渐渐加了速跑远。望着他的背影，我的疼痛，被瞬间击中，我在那个清晨，流下眼泪。我很想很想对他说一声再见，但最终什么也没说。

人的一生所经历的，并非只有轰轰烈烈才成记忆。在泡桐花盛开的时节，我自然而然会想起他，我会痴痴发一会儿愣，而后微笑起来。我望见了我柔软的青春，不后悔，不遗憾，因为我曾如此纯美地开过花，对岁月，我充满感恩。

@微心语

　　当回首来路，我们感恩岁月的记忆，也感恩遗失的美好。青春装饰了人生的精彩时刻，我们用心拥抱青春吧。

一树一树梨花开

多年以前，在那个春风拂拂的季节里，在一树一树梨花开得正烂漫的时候，我们第一次触摸着了死亡。那年我们十七岁，梨花一样的年龄，梨花一样的烂漫着。

被死亡召去的，是一个和我们一起吃着饭读着书上着课的女孩儿。女孩儿姓宋，犹如宋词里那个弹箜篌的女子，文文静静纤纤弱弱的，平时成绩不好也不坏，与同学的关系不疏也不密。记忆中的她，大多数时候，是安安静静一个人坐着，捧本书，就着窗外的夕阳读。

是在一个阳光融融的春日上午，她没来上课。平时有同学偶尔缺半天一天课的，这挺正常，所以老师没在意，我们也没在意，上课下课嬉戏打闹，一切如旧。但到了午后，有消息突然传来，说她死了，死在去医院的路上，是突发性的脑溢血。

教室里的空气，刹那间凝固成稠状物，密密地压迫着我们的呼吸。所有正热闹着的语言动作，都雷击似的僵住了，严严地罩向我们的，不知是悲，是痛，还是悲痛的麻木。更多的是不可思议——怎么死亡离我们会这么近呢？

别班的同学，在我们教室门口探头探脑，她的死亡，使我们全班同学都成了他人眼里的同情对象，我们慌恐得不知所措。平时的吵吵闹闹，在死亡面前显得多么无足轻重啊。我们年轻的眼睛互相对望着，互相抚慰着，只要好好活着，一切的一切，我们原本都可以原谅的啊。

死亡使我们一下子变得亲密无间，我们兄弟姐妹般的团团围坐在一起，小心翼翼地轻抚着有关她的记忆：下雨天，她把伞借给没伞的同学；她把好吃的东西带到宿舍，大家分着吃；她把身上的毛线衣脱下来，给患感冒的同学穿；她的资料书总与大家共享；她很少与人生气，脸上总挂着微笑……回忆至此，我们除了痛惜，就是憎恨我们自己了，怎么没早一点儿发现她的好呢？我们应该早早地成为她的朋友、知己，应该早早地把所有的欢乐都送给她的啊。我们第一次触摸到了死亡时，也第一次懂得了什么叫珍惜。

我们去送她。她家住在梨园边，她的棺材停放在梨园里。因当时开始抓殡葬改革，兴火葬，她按规定也必须化成一缕轻烟飘散。但她的家人死活也不舍得破了她年轻的容颜，所以，把她藏到梨园深深处。

我们有些浩荡的队伍，像搞地下工作似的，在一树一树的梨花底下穿行着。这样的举动减缓了我们的悲痛，以至于我们见到她时，都出奇的冷静。我们抬头望天，望不到天，只见到一树一树雪白的梨花。在梨花堆起的天空下，她很是安宁地躺着，熟睡般的。我们挨个儿走过去，静静地看她，只觉得，满眼满眼都是雪白的梨花。恍惚间，我们都忘了落泪。

最终惹我们落泪的不是她，而是她的父母。我们走出梨园时，她的母亲哭哑着嗓子，佝偻着身子向我们道谢，在旁人的搀扶下。那飘忽在一片雪白之上的无依无靠的痛楚，震撼了我们年轻的心。事后，我们空前团结起来，争相去做她父母的孩子，每个周末都结伴去她家，帮着做家务，风雨无阻。这样的行动，一直延续到我们高中毕业。

如今，我们早已各奔东西，不知故土的那片梨园还在不在了。若在，那一树一树的梨花，一定还如当年一般地灿烂着吧？连同一些纯洁着的心灵。记忆里最深刻最永久的一页，是关于死亡的。只有记取了死亡，才真正懂得，活着，是一件多么幸运与幸福的事。

@ 微心语

当死亡迫近，生者才会思索生命的价值，解读生命的内涵。不要给自己后悔的机会，从现在开始我们用爱，用心，用珍惜，享受这唯一的生命吧。

青 花 瓷

初见青花瓷，是在米心的家里。

米心是我的同桌。她的名字，我相信，独一无二。至少在我们那个小镇上。

小镇很古，古得很上年纪——千年的白果树可以做证。白果树长在进镇的路口上，粗壮魁梧，守护神似的。有一年，突降大雷阵雨，白果树遭了雷劈，从中一劈两半。镇上人都以为它活不了了，它却依然绿顶如盖。镇上人以为神，不知谁先去烧香参拜的，后来，那里成了香火旺盛的地方。米心的奶奶，逢初一和月半，必沐身净手，持了香去。

小巷深处有人家。小镇多的是小巷，狭窄的一条条，幽深幽深的。巷道都是由长条细砖铺成，细砖的砖缝里，爬满绒毛似的青苔。米心的高跟鞋走在上面，笃笃笃，笃笃笃。空谷回音。惹得小镇上的人，都站在院门口看她。她昂着头，目不斜视，只管一路往前走。

那个时候，我们都是十七八岁的年纪，高中快毕业了。米心的个子，蹿长到一米七，她又爱穿紧身裤和高跟鞋，看上去，更是亭亭玉立，一棵挺拔的小白杨似的。加上她天生的卷发，还有白果似的小脸蛋，更透着一股说不出来的气质。在一群女生里，极惹眼，骄傲的凤凰似的。女生们都有些敌视她，她也不待见她们，彼此的关系，很僵化。

但米心却对我好。天天背着粉红的小书包来上学，书包上，挂着一只玩具米老鼠。书包里，放的却不是书，而是带给我的小吃——雪白的米糕，或者嫩黄的桂花饼。都是包装得很精致的。米心说，他买的。我知道她说的他，是她的爸爸。他人远在上海，极少回来，却源源不断地托人带了东西给米心。吃的，穿的，用的，都是极高档的。

米心很少叫他爸爸。提及他，都是皱皱眉头，用"他"代替了。有一次，米心趴在教室的窗台上，看着教室外一树的泡桐花，终于说出一个秘密："我上小学的时候，他在上海又娶了女人，不要我妈了，我妈想不开，上吊自杀了。"米心说这些话时，脸上的表情，幽深得像那条砖铺的小巷。一阵风来，紫色的泡桐花，纷纷落。如下花瓣雨。我想起米心的高跟鞋，走在小巷里，笃笃笃，笃笃笃。空谷回音，原都是孤寂。

米心带我去她家，窄小的天井里，长一盆火红的山茶花。米心的奶奶，坐在天井里，拿一块洁白的纱布，擦一只青花瓷瓶。

瓶身上，绘一枝缠枝莲，莲瓣卷曲，像藏了无限心事。四周安静，山茶花开得火红。莲的心事，被握在米心奶奶的手里。一切，古老得有些遥远，遥远得让我不敢近前。米心的奶奶抬头看我们一眼，问一声："回来啦?"再无多话，只轻轻擦着她怀里的那只青花瓷瓶。

后来，在米心的家里，我还看见青花瓷的盖碗，上面的图案，也是绘的缠枝莲。米心说："那原是一套的，还有笔筒啊啥的，是我爷爷留下来的。"

见过米心的爷爷，黑白的人，立在相框里。眉宇间有股英气，还很年轻的样子。却因一场意外，早早离开人世。至于那场意外是什么，米心的奶奶，从不说。她孤身一人，带了米心的父亲——当时只有五岁的儿子，从江南来到苏北这个小镇——米心爷爷的家乡，定居下来，陪伴她的，就是那一套青花瓷。

米心猜测："我奶奶，是很爱我爷爷的吧。我爷爷，也一定很喜欢我奶奶的。他们多好啊。"米心说着说着，很忧伤。她双臂环绕自己，把头埋在里面，久久没有动弹。我想起米心奶奶的青花瓷，上面一枝缠枝莲，花瓣卷曲，像疼痛的心。那会儿的米心，真像青花瓷上一枝缠枝莲。

米心恋爱了，爱上了一个有家的男人。她说那个男人对她好，发誓会永远爱她。她给他写情书，挑粉红的信纸，上面洒满香水。那是高三下学期的事了。那时候，我们快高考了，米心却整天丢了魂似的，试卷发下来，她笔握在手上半天，上面居然没有落下一个字。

米心割了腕，是在要进考场的时候。米心的奶奶，闻到血腥味，才发现米心割腕了，她手里正擦着的青花瓷瓶，啪的一声，掉地上，碎了。

米心的爸爸回来，坚决要带米心去上海。米心来跟我告别，我看到她的手腕上，卧一条很深的伤痕，像青花瓷上的一瓣莲。米心晃着手腕对我笑着说："其实，我不爱他，我爱的，是我自己。"

十八岁的米心，笑得很沧桑。小镇上，街道两边的紫薇花，开得云蒸霞蔚。

从此，再没见过米心，没听到米心的任何消息。我们成了隔着烟雨的人，永远留在十八岁的记忆里。

不久前，我回我们一起待过的小镇去，原先的老巷道，已拆除得差不多了。早已不见了米心的奶奶，连同她的青花瓷。

@ 微心语

在忧伤而明媚的岁月，青春从单薄的生活中穿过，穿过紫薇，穿过木棉，穿过时隐时现的悲伤和无常。

老 裁 缝

老裁缝是上海人，下放到我们苏北乡下来时，不过四十出头的年纪。我没亲眼见到老裁缝从上海来，我有记忆的时候，老裁缝已在村子里住很久了。久得像我每天爬过的木头桥。木头桥搭在一条小河上面，东西流向的小河，把一个村庄，分成了河北与河南。

老裁缝的家，住在河北，我得爬过小桥去。他的家门口，总是扫得很干净，地上连一片草叶儿也没有。屋檐下，放一口废弃的大缸，缸里面，种着太阳花。一年四季，那些花仿佛都在开着，红红黄黄白白的，满满一大缸的颜色。这在上个世纪七十年代的乡下，很特别了。这种特别，在我们小孩眼里看来，很神秘。

我们常聚在他的家门口跳格子（一种孩子玩的游戏），不时探头探脑往他屋内瞧。瞧见的景，永远是那样的：他系着蓝布围裙，脖子上晾根皮尺，坐在矮凳上，低头在缝衣裳。身影很清瘦。他旁边的案板上，放着剪刀，粉饼，直尺，裁剪好的布料，零碎的布头。阳光照着檐下的大缸，一缸的颜色，满得要流溢出来。时光好像被老裁缝的针线，缝住了似的，温柔地静止着。老裁缝偶尔从那静止里，抬了头看看我们，目光缥缈。我们"咿呀"一声惊叫，小鸡样的，快速地散开去。

听大人们说过他的故事，原本有妻有儿的，却突然犯了事，坐了两年牢。妻子带着儿子，又嫁人了。他从牢里出来后，家回不去了，被遣送到这苏北乡下来。

我们怕他，怕得没来由的。我们不敢踏进他的屋子一步。但也有例外，一是大人领我们去裁衣。二是大人吩咐我们送东西给他。

腊月脚下，村人们得了空闲，各家的大人，找了零碎的票子，给孩子们扯上几尺棉布，做过年的新衣裳。老裁缝的小屋里，终日便挤满了人。大家热热闹闹地闲唠着，老裁缝静静听，并不插话。他不紧不慢地帮我们量尺寸，手指凉凉地滑过我们的脖颈。很异样的感觉。

有人跟他开玩笑，学了他的口吻，问，阿拉要做媒啊？他淡淡地回，阿拉不要。低了头，拿了粉饼在布料上做记号，嚓嚓，嚓嚓，布料上现出一道道粉色的线。空气中，弥漫着棉布的味道。

一些天后，衣裳做出来了。大人们捧手上感叹，到底是裁缝做的，就是好。他们所说的好，是指他做工的精致，哪怕是小孩的衣，连一个扣眼，他也绝不马虎着做。经他的手做出来的衣，有款有型，即使水洗过，也不变形。

夏秋季节，乡下瓜果蔬菜多。草垛上趴着大南瓜。矮树枝上，缠着一串一串紫扁豆。茅屋后，挂满丝瓜。大人们随手摘一只南瓜，扯一把扁豆，再摘几根丝瓜，放到篮子里，着我们给老裁缝送去。老裁缝接过东西，必往我们的空篮子里，放上几颗水果糖。一边伸手摸了我们的头，嘱咐，回去替我谢谢你们家大人，他们太客气了。一口的上海腔，很惹听。

老裁缝后来收了个女徒弟，一患小儿麻痹症的姑娘，外村人。这事很是让村人们喧哗了一阵子，因为老裁缝向来不收徒弟的，何况是个女徒弟，何况还拄着拐杖。但那姑娘很固执，天天守在老裁缝家门口。老裁缝破了规矩，答应了。

从此，我们看到的景，变了，老裁缝还系着蓝布围裙，脖子上晾根皮尺，但他的身边，多出一团亮丽，如檐下缸里的太阳花。那朵花，眉眼盈盈，唤他师傅，和他相挨着，穿针引线。他们偶尔低低说着什么，发出笑声来，他的笑声，她的笑声。一团的温馨。我们都有些惊讶，原来，老裁缝是会笑的。

上海来人找老裁缝，是秋末的事。那个时候，天空高远得一望无际。棉田里，尚有些迟开的棉花，零零碎碎地开着，一朵一朵的白，点缀在一片褐色之上。来人很年轻，他穿过一片棉田，很客气地询问老裁缝的家，声音极像老裁缝。村人们望着他的背影，很有预见地说，这肯定是老裁缝的儿子，老裁缝怕是要回上海了。

老裁缝却没走。只是比往常更沉默了，他依旧坐在矮凳上缝衣裳，系着蓝布围裙，脖子上晾根皮尺。他的女徒弟，守在一边，也沉默地干着活儿。时光宁静，却在那宁静里，让人望出忧愁来，总感觉着有什么事要发生。

到底出事了，问题出在他的女徒弟身上。姑娘回家，对父母说出一句石破天惊的话来，她爱老裁缝，她要嫁给老裁缝。结果，老裁缝的家，被愤怒的姑娘家人砸了个稀巴烂。姑娘很快被嫁了出去，听说出嫁时，哭声震天。

老裁缝在村里待不下去了，他于一个清晨，离开了村子。早起的人，看见他一个人沿着棉田小路，向着远处，越走越远。有人说他回了上海。有人说他去了南方。也有人说他跳了江。

当一个冬天过去，天开始晴暖了，土地开始苏醒了，村人们开始忙春耕。老裁缝住过的地方，一对老夫妻搬了进去。屋檐下的大缸里，不再长太阳花，而是长了一缸的葱，在春风里，很有风情地绿着。

@ 微心语

人生如一场花开花落，无关永恒，只愿叶绿花繁后，幽香与静美长存。

Chapter 04

低到尘埃的美好

再见到他们在小巷里奔跑，女孩子们黄而稀少的发上，一律盛开着两朵花，艳艳地晃了人的眼。男孩子们的胸前，则都贴着贴画。他们像群追风的猫，抛洒着一路的快乐。

低到尘埃的美好

一

家附近，住着一群民工，四川人，瘦小的个头。他们分散在城市的各个角落，搞建筑的有，搞装潢的有，修车修鞋搞搬运的也有。一律的男人，生活单调而辛苦。天黑的时候，他们陆续归来，吃完简单的晚饭，就在小区里转悠。看见谁家小孩，他们会停下来，傻笑着看——他们想自家的孩子了。

就有孩子来了，起先一个，后来两个，三个……那些黑瘦的孩子，睁着晶亮的大眼睛，被他们的民工父亲牵着手，小心地打量着这座城。但孩子到底是孩子，他们很快打消不安，在小区的巷道里，如小马驹似的奔跑起来，快乐地。

一日，我去小区商店买东西，在商店门口发现了那群孩子。

他们挤挤攮攮在小店门口,一个孩子掌上摊着硬币,他们很认真地在数,一块,两块,三块……

我以为他们贪嘴,想买零食吃呢,笑笑走开了。等我买好东西出来时,看见他们正围着卖女孩子头花的摊儿,热闹地吵着:"要红的,要红的,红的好看!"他们把买来的红头花,递到他们中的女孩子手里。又吵嚷着去买贴画,那是男孩子们玩的,贴在衣上,或是墙上。他们争相比较着哪张贴画好看,人人手里,都多了一份满足。

再见到他们在小巷里奔跑,女孩子们黄而稀少的发上,一律盛开着两朵花,艳艳地晃了人的眼。男孩子们的胸前,则都贴着贴画。他们像群追风的猫,抛洒着一路的快乐。

二

去一家专卖店,看中一条丝巾。浅粉的,缀满流苏,素雅风流。

爱不释手,要买。店主抱歉地说,这条不卖,是留给一个人的。

好奇了。问店主,她买得,我为什么买不得?你可以让她去挑别的嘛。

店主笑了,跟我说起一件稀奇事。说有个女的,是个盲人按摩师,眼睛一点儿也看不见,是先天性的眼疾。可是,她却能摸到颜色。那天，这个女盲人按摩师来到她店里，摸了十件东西，只把一件颜色说错了。

你说奇不奇？店主问我。

我点头，等着她接着说下去。

这个女的，长得也好看。啊，就是看上去让人感觉到特别舒服的那种，乍一看，根本不晓得她是个盲人。她虽穿着简单，但懂得搭配，脖子上系着丝巾，与身上衣服的色彩，浑然一体，都是她自己挑的。

她当时就看中了这条丝巾，说她很喜欢浅粉的颜色。还跟我讨论了，要用淡蓝的风衣来配它。

只是这条丝巾价格贵了些，要七八百呢，她犹豫了下，钱不够，让我给她留着，她下个月来取。

店主叹，这世上，真是各人有各人的生存本领呐。

三

朋友去内蒙古大草原。

九月末的大草原，已一片冬的景象，草枯叶黄。零落的蒙古包，孤零在路边。朋友的脑中，原先一直盘旋着"天苍苍，野茫茫，风吹草低见牛羊"的波澜壮阔，直到面对，他才知，生活，远远不是想象里的诗情画意。

主人好客，热情地把他让进蒙古包中。扑鼻的是呛人的羊膻味，一口大锅里，热气正蒸腾，是白水煮羊肉。怕冷的苍蝇，都聚集到室内来，满蒙古包里乱窜。室内陈设简陋，唯一有点现代气息的，是一台十四英寸电视，很陈旧的样子。看不出实际年龄的老夫妻，红黑的脸上，是谦和的笑，不住地给他让座。坐？哪里坐？黑不溜秋的毡毯，就在脚边上。朋友尴尬地笑，实在是落座也难。心底的怜悯，滔滔江水似的，一漫一大片。

却在回眸的刹那，眼睛被一抹红艳艳牵住。屋角边，一件说不出是什么的物什上，插着一束花。居然是束康乃馨，花朵朵朵绽放，艳红艳红的。朋友诧异，这茫茫无际的大草原，这满眼的枯黄衰败之中，哪里来的康乃馨？

主人夫妻笑得幸福而满足，说，孩子送的。孩子在外读大学呢，我们过生日，他们让快递员送了花来。

那一瞬间，朋友的灵魂受到极大震撼，朋友联想到"幸福"这个词。朋友说，幸福哪里有什么标准？每个人有每个人的幸福。

我在朋友的故事里微笑着沉默。

@ 微心语

那些低到尘埃里的美好，无处不在。怜悯是对它们的亵渎，而敬畏和感恩，才是对它们最好的礼赞。

种　爱

认识陈家老四，缘于我婆婆。

婆婆来我家小住，不过才两天，她就跟小区的人，很熟了。我下班回家，陈家老四正站在我家院门口，跟婆婆热络地说着话。看到我，他腼腆地笑笑："下班啦？"我礼貌地点点头说："是啊。"他看上去，年龄不比我小。

他走后，我问婆婆："这谁啊？"婆婆说："陈家老四啊。"

陈家老四是家里最小的孩子，父亲过世早，上有两个哥哥，一个姐姐，都已另立门户。他们与他感情一般，与母亲感情也一般，平常不怎么往来。只他和寡母，守着祖上传下的三间平房度日。

他也没正式工作，蹬着辆破三轮，上街帮人拉货。婆婆怕跑菜市场，有时会托他带一点蔬菜回来。他每次都会准时送过来，看得出，那些蔬菜，已被他重新打理过，整整齐齐干干净净的。婆婆削个水果给他吃，他推托一会儿，接下水果，憨憨地笑。路上再遇到我，他没头没脑说一句："你婆婆是个好人。"

这样一个人却得了绝症，肝癌。穷，医院是去不得的，只在家里吃点药，等死。精神气儿好的时候，他会撑着出来走走，身旁跟着他的白发老母亲。小区的人，远远望见他，都避开走，生怕他传染了什么。他坐在我家的小院子里，苦笑着说："我这病，不传染的。"我们点头说："是的，不传染的。"他得到安慰似的，长舒一口气，眼睛里，蒙上一层水雾，感激地冲我们笑。

一天，他跑来跟我婆婆说："阿姨，我怕是快死了，我的肝上，积了很多水。"

我婆婆说："别瞎说，你还小呢，有得活呢。"

他笑了，说："阿姨，你别骗我，我知道我活不长的。只是扔下我妈一个人，不知她以后怎么过。"

我们都有些黯然。春天的气息，正在蓬勃。空气中，满布着新生命的奶香，叶在长，花在开。而他，却像秋天树上挂着的一枚叶，一阵风来，眼看着它就要坠下来，坠下来。

我去上班，他在半路上拦下我。那个时候，他已瘦得不成样了，脸色蜡黄蜡黄的。他腼腆地冲我笑："老师，你可以帮我一个忙吗？"我说："当然可以。"他听了很高兴，说他想在小院子里种些花。"你能帮我找些花的种子吗？"他用期盼的眼神看着我。见我狐疑地盯着他，他补充道："在家闲着也无聊，想找点事做。"

我跑了一些花店，找到许多花的种子带回来，太阳花，凤仙花，虞美人，喇叭花，一串红……他小心地伸手托着，像对待小小的婴儿，眼睛里，有欢喜的波在荡。

这以后，难得见到他。婆婆说："陈家老四中了邪了，筷子都拿不动的人，却偏要在院子里种花，天天在院子里折腾，哪个劝了也不听。"

我笑笑，我的眼前，浮现出他捧着花的种子的样子。真希望他能像那些花儿一样，生命有个重新开始的机会。

一晃，春天要过去了。某天，大清早的，买菜回来的婆婆，突然说："陈家老四死了。"

像空谷里一声绝响，让人怅怅的。我买了花圈送去，第一次踏进他家小院，以为定是灰暗与冷清的，却不，一院子的姹紫嫣红迎接了我。那些花，开得热情奔放，仿佛落了一院子的小粉蝶。他白发的老母亲，站在花旁，拉着我的手，含泪带笑地说："这些，都是我家老四种的。"我一时感动无言，不觉悲哀，只觉美好。

@ 微心语

生命完全可以以另一种方式重新存活的，就像那一院子的花。而白发的老母亲，有了花的陪伴，日子亦不会太凄凉。

那些温暖的

邻家女人上街买菜，"捡"回一老妇人。老妇人衣着整洁，不像久经流浪或无家可归的，却神情呆滞。在街上见到邻家女人，就一直跟她后面叫小毛。小毛是谁无人知晓，或许是老妇人的女儿吧。

邻家女人本想一走了之，篮子里一蓬菜蔬，提醒她快快回家做饭去。回头，却瞅见一张饱经风霜的脸，那脸上毫不设防地写着对他人的依恋。她的心当下软了软，想，要是她不管，老妇人不定流落到什么地方去呢。于是，她把老妇人领回了家。

老妇人这一住，就是半个多月。这期间，邻家女人像对自家老人一样，好茶好饭待她，还带她去浴室洗澡。同时满世界留心着，哪里有寻人的。老妇人除了说小毛小毛外，不记得任何人和事。有人跟邻家女人开玩笑，你还要为她养老送终啊？邻家女人说，真的那样，也无所谓啊，不过是煮饭时，多放一碗水。不久后的一天，老妇人的女儿终于找来，对邻家女人千恩万谢。邻家女人不在意地笑着说，匀出一口饭，就能救活一条命呢。

晚上，去国贸大厦旁的广场散步，总看到一群快乐的人，随着音乐在空地起舞。每天都是如此。音乐的来源，原是一台旧收音机。后来换了，换成了簇新的DVD机，在一辆自行车上架着。观察过几次，发现自行车的主人，是一对老夫妇。

跳舞的人是不固定的，谁高兴了都可以进去跳两圈。不断有人加进去。起初也只是一些老年人，后来一些年轻人也参与进去了。快乐在音乐中沸腾，单纯地飞扬着。

某天，我在一旁观看，终于忍不住走过去问那对老夫妇，是免费来这儿放音乐的吗？他们说，是啊，每晚七点准时到。

瞧，这都是我们新买的碟片，买的新华书店的正版的，效果很好呢。老妇人举着新买的碟片让我看，我看到碟片上印着飘飞的裙裾，是些慢三或慢四，全是舞曲。

我倾听，效果果真很好，音乐似泉水潺潺流。我开玩笑说，可以适当收点费的呀。老妇人笑了，收什么费呀，自己找乐子呗，看着大家高兴，我们也高兴。

原来，这世上，只要匀出自己的一份快乐，就会快乐另一些人，甚至，一个世界。

小城里，蹬三轮车的人比较多，满大街随便走着，就有车夫跟在后面殷勤地问，要车不？我曾烦过这个，觉得他们特缠人。近日却偶听来一个真实的故事，故事说的就是这样一群三轮车夫，他们不富裕，有的甚至很贫穷，却能自发地照顾一个不幸的老人。老人有过幸福的过往，两个儿子都成家立业了。一次车祸，却让一个幸福的家瞬息间支离破碎，老人的两个儿子双双遇难。所得赔偿金，老人分文未要，全给媳妇了。家产也悉数分光。孑然一身的老人，混在一群三轮车夫里，蹬三轮车谋生。但因年老体衰，再加上三天两头生病，养活自己也是难的。好在有其他三轮车夫帮衬着，不断送吃的用的。

这是生活在社会最底层的一些人，他们普通得常常被我们忽略，可是这个世界，却因他们身上散发出的善和暖，一点一点美好起来。现在走在大街上，我的眼睛，总是有意无意停在一些三轮车夫身上，是他，还是另一个他，在默默匀出自己的温暖，送给他人？他们的脸上，没有答案。他们一如既往，为生存奔波着，路过你身边时，还会殷勤地问，要车不？眨眼间，他们的身影，没入人群里。再走进人群，我的身前身后，总像流淌着一条温暖的河。

@ 微心语

面对各种各样的艰辛、挫折、诱惑，不放逐自弃，而是以坚韧、勇敢、勤奋、真诚去做事，与那些滑向人生另一个方向的虚伪、为恶、为丑相比，显现出真、善、美的尊贵力量。

天堂有棵枇杷树

年轻的母亲，不幸患上癌，生命无多的日子里，她最放心不下的，是她四岁的儿子星星。从儿子生下起，她与儿子，就不曾有过别离。她不敢想象儿子失去她后的情景，曾试着问过儿子："要是不见了妈妈，星星会怎么办呢？"儿子想也没想地说："星星就哭，妈妈听到星星哭，妈妈就出来了。"

她听了，一颗心难过得碎了，她在心里说："宝贝，你那时就是哭破了嗓子，妈妈也听不到了。"

因为化疗，她一头秀发，渐渐掉落，如秋风扫落叶。儿子好奇地打量着她，问："妈妈，你的头发哪里去了？"

她看着一脸天真的儿子，心如刀割，但脸上却笑着，她说："妈妈的头发，去了天堂呀。"然后，她装着很神秘的样子，悄声对儿子说："星星，妈妈告诉你一个秘密，你不要告诉别人哦。"

孩子很兴奋，郑重地承诺："妈妈，星星不告诉别人。"两只晶莹的大眼睛，一动不动盯着她。

她把儿子搂到怀里，搂得紧紧的，笑着跟儿子耳语："妈妈可能要离开星星了，妈妈也要去天堂。"

"天堂在哪里？妈妈要去做什么呢？"孩子有些着急。

"天堂啊，离家很远很远，妈妈要去那里种一棵枇杷树。星星不是最爱吃枇杷吗？"

"哦。"孩子认真地想了想，"那，妈妈把星星也带去，好不好？"

"不行，宝贝。"年轻的母亲，摸摸儿子稚嫩的小脸蛋说，"你现在还不可以去，因为你是小孩呀，天堂里，不准小孩去。等你长大了，长到比妈妈还要大好多好多时，才可以去哦。"

"那，妈妈会等星星吗？"

"会的，妈妈会一直等星星。妈妈在那儿，种一棵最大最大的枇杷树，树上会结好多甜甜的枇杷，等着星星去吃。但星星得答应妈妈，妈妈走后，星星不许哭哦，一定要乖，要听爷爷奶奶的话，听爸爸的话，这样才能快快长大，知道不？"

孩子高兴地点头答应了。

不久之后，年轻的妈妈安静地走了。孩子一点也不悲伤，他坚信妈妈是去了天堂，是去种枇杷树了。夏天的时候，枇杷上市，橙黄的果实，充满甜蜜。孩子吃到了很新鲜的枇杷，他开心地想，那一定是妈妈种的。

一些年后，孩子终于长大，长大到明白死亡，原是尘世永隔。

这时，孩子心中的枇杷树，早已根深叶茂，挂一树甜蜜的果了。他没有悲痛，有的只是感恩，因为妈妈的爱，从未曾离开过他。他也因此学会，怎样在人生的无奈与伤痛里，种出一棵希望的枇杷树来，而后静静等待，幸福的降临。

@ 微心语

母爱如涓涓细流，隐忍绵长，绚烂释放。

吊在井桶里的苹果

有一句话讲，女儿是父亲前世的情人。说的是做女儿的，特别亲父亲，而做父亲的，特别疼女儿。那讲的应该是女儿小时候的事。

我小时，也亲父亲。不但亲，还瞎崇拜。把父亲当举世无双的英雄一样崇拜着。那个时候的口头禅是，我爸怎样怎样。因拥有了那个爸，就很了不得似的。

母亲还曾嫉妒过我对父亲的那种亲。一日，下雨，一家人都在家，父亲在修整二胡，母亲在纳鞋底，我和弟弟在一旁玩。父亲和母亲有一搭没一搭地说着话，说着说着，就说到我们长大后的事。母亲问，长大了你有钱了买好东西给谁吃？我不假思索脱口而出，给爸吃。母亲纳鞋底的手，就停了一停，她充满希望地接着问，那妈妈呢？我指着小弟弟对母亲说，让他给你买去。哪知小弟弟是跟着我走的，也嚷着说要买给爸吃。母亲的脸就挂不住了，她鞋底也不纳了，竟抹起眼泪，数落起我来，说白养了我这个女儿。父亲在一边讪讪笑，孩子懂啥。语气里却透着说不出的得意。

待到我真的长大了，却与父亲疏远了去。每次回家，跟母亲有唠不完的家长里短，一些私密的话，也只愿跟母亲说。跟父亲，三言两语就冷了场。他不善于表达，我亦不耐烦去问。有什么事情，问问母亲就可以了。

也有礼物带回，却少有父亲的。都是买给母亲的，好看的衣裳、鞋袜和首饰。感觉上，父亲是不要装扮的，永远一身灰色的或白色的衬衫，蓝色的裤子。

一次，我的学校里开运动会，每个老师发一件白色 T 恤。因我极少穿 T 恤，就挑了一件男款的，本想给家里那人穿的，但那人嫌大，也不喜欢那质地。回老家时，我就顺手把它塞进包里面，带给父亲。

我永远也忘不了父亲接衣服时的惊喜，那是猝然遭遇的意外，他脸上先是惊愕，继而拿衣的手开始颤抖，不知怎样摆弄了才好，呵呵傻乐半天，才平静下来，问，怎么想到给爸买衣裳的？

这之后，父亲的话明显多起来。他乐呵呵的，穿着我带给他的那件 T 恤，在村子里乱晃，给这个看，给那个看。

他也三天两头打电话给我，闲闲地说些话，在要挂电话前，好像是漫不经意地说上这么一句，你有空的话，就回家看看啊。我也就漫不经意地应上一句，好啊。却未曾真的实施过。

暑假到来时，又接到父亲的电话，父亲在电话里很兴奋地说，家里的苹果树结很多苹果了，你最喜欢吃苹果的，回家吃吧，保你吃个够。我当时正接了一批杂志约稿在手上写，心不在焉地回他，好啊，有空我会回去的。父亲"哦"一声，兴奋的语调立即低了下去。父亲说，那，记得早点回来啊。我"嗯啊"地答应着，把电话挂了。

一晃近半个月过去了，我完全忘了答应父亲回家的事。深夜，姐姐电话至。闲聊两句，姐姐忽然问，爸说你回家的，你怎么一直没回来？我问，家里有什么事吗？姐姐说，也没什么事，就是爸一直在等你回家吃苹果的。

我在电话里就笑了，我说爸也真是的，街上不是有苹果卖吗？也不贵，一箱子不过几十块。姐姐说，那不一样，爸特地挑了几十个大苹果，留给你，怕坏掉，就用井桶吊着，天天放井里面给凉着呢。

心被什么猛地撞击了一把，我只重复说，爸也真是的，爸也真是的。就再也说不出其他话来。

@ 微心语

在这个世界上，我们再也找不到一种比父母之爱更珍贵的感情了。这一情感与生俱来，但总在感动着每一个人。

奔跑的小狮子

她常回忆起八岁以前的日子：风吹得轻轻的，花开得漫漫的，天蓝得像大海。妈妈给她梳漂亮的小辫子，辫梢上扎蝴蝶结，大红、粉紫、鹅黄。给她穿漂亮的裙，带她去动物园，看猴子爬树，给鸟喂食。妈妈给她讲童话故事，讲公主一睁开眼睛，就看到王子了。她问妈妈，我也是公主吗？妈妈答，是的，你是妈妈的小公主。

可是有一天，她睁开眼睛，一切全变了样。妈妈一脸严肃地对她说，从现在开始，你是大孩子了，要学着做事。妈妈给她端来一个小脸盆，脸盆里泡着她换下来的衣裳。妈妈说，自己的衣裳以后要自己洗。

正是大冬天，水冰凉彻骨，她瑟缩着小手，不肯伸到水里。妈妈在一边，毫不留情地把她的小手，按到水里面。

妈妈也不再给她梳漂亮的小辫子了，而是让她自己胡乱地用皮筋扎成一束，松着。她去学校，别的小朋友都笑她，叫她小刺猬。她回家对妈妈哭，妈妈只淡淡说了一句，慢慢就会梳好了。

她不再有金色童年。所有的空余，都被妈妈逼着做事，洗衣、扫地、做饭，甚至去买菜。第一次去买菜，她攥着妈妈给的钱，胆怯地站在菜市场门口。她看到别的孩子，牵着妈妈的手，一蹦一跳地走过，那么的快乐。她小小的心，在那一刻，涨满疼痛。她想，我肯定不是妈妈亲生的。

她回去问妈妈，妈妈没有说是，也没有说不是。只是埋头挑拣着她买回来的菜，说，买黄瓜，要买有刺的，有刺的才新鲜，明白吗？

她流着泪点头，第一次懂得了悲凉的滋味。她心里对自己说，我要快快长大，长大了去找亲妈妈。

几个月的时间，她学会了烧饭、炒菜、洗衣裳；她也学会，一分钱一分钱地算账，能辨认出，哪些蔬菜不新鲜；她还学会，钉纽扣。

一天，妈妈对她说，妈妈要出趟远门。妈妈说这话时，表情淡淡的。她点了一下头，转身跑开。等她放学回家，果然不见了妈妈。她自己给自己梳漂亮的小辫子，自己做饭给自己吃，日子一如寻常。偶尔，她也会想一想妈妈，只觉得，很遥远。

再后来的一天，妈妈成了照片上的一个人。大家告诉她，妈妈得病死了。她听了，木木的，并不觉得特别难过。

半年后，父亲再娶。继母对她不好，几乎不怎么过问她的事。这对她影响不大，基本的生存本领，她早已学会，她自己把自己打理得很好。如岩缝中的一棵小草，一路顽强地长大。

她是在看电视里的《动物世界》时，流下热泪的，那个时候，她已嫁得好夫婿，在日子里安稳。动物世界中，一头母狮子拼命踢咬一头小狮子，直到它奔跑起来为止。她就在那会儿，想起妈妈，当年，妈妈重病在身，不得不硬起心肠对她，原是要让她迅速成为一头奔跑的小狮子，好让她在漫漫人生路上，能够很好地活下来。

@ 微心语

当母爱披上凶恶的掩饰，请勿忘凶恶下那颗永恒的母亲的心。

掌心里的温暖

他在十五岁那年，开始叛逆，敢对着父亲瞪眼睛，敢迎向父亲的拳头。

做他父亲的人，显然一愣，举起的拳头，就停在半空中。他头一偏，睨了父亲一眼，然后丢下发愣的父亲，头也不回地走了。他心里有胜利的喜悦在欢腾，他终于，可以直视父亲了！

从小的记忆里，镌刻的，是对父亲的惧怕，那惧怕里，甚至带着恨。母亲也是怕父亲的，父亲嗓门儿一高，母亲立即噤了声。他挨父亲打的时候，母亲也不敢护他，只在事后揉着他的伤哭，说："你爸也是为你好。"

为他好什么呢？他想不明白。他不过是打碎一个碗，不过是跟同学打了一场架，不过是把墨汁泼到衣裳上，不过是贪玩了一会儿……父亲统统不听他分辩，总是挥拳就打。他真的搞不懂啊，作为一所重点中学校长的父亲，在别人面前那么和蔼可亲，谈笑风生，怎么到了他面前，就是那么霸道的一个人？他甚至怀疑，他不是父亲亲生的。邻居们在他还很小的时候，开他玩笑，说："小强，你是你妈在垃圾桶旁边捡的。"他信以为真。再上街，他看到捡垃圾的男人，总会想一想，那个人，是不是他的亲爸爸。他情愿跟着那样一个爸爸去，哪怕天天穿破衣裳。

那个时候，他唯一的愿望，是快快长大，长到个子超过父亲。他要把他所受的痛，统统还给父亲。他十五岁那年，个子猛地蹿高，不经意地，竟超过了父亲。冲突因一件小事而起，他因喜欢看足球，那日作业没做，就看电视了，一直看到半夜。父亲回来，见他还在电视机前大呼小叫，立即怒不可遏，一拳挥过来。这一次，他没有躲避，而是昂着头，看着父亲，带着挑衅的神情。他听到父亲一声叹："你大了。"举起的手，颓然放下。

第二天傍晚放学，他故意不回家，在外面闲逛，一直逛到万家灯火都亮得疲倦了。他想象父亲发火的样子，甚至想好对策，如果父亲再打他，他就来个离家出走。然而那日，父亲没有动手，父亲坐在沙发一角翻报纸，一直一直没抬头。倒是母亲，埋怨了他两句："怎么这么晚才回来？你不知道我和你爸有多担心吗？"

他不理母亲，兀自一个人进了房间，关上门睡觉。那一觉，睡得特别香。半夜醒来，听得父母房内，有嘈嘈切切的说话声，还伴有父亲的咳嗽和叹息。他空空地听了会儿，翻个身，又睡过去了。

那以后，他叛逆的心，越走越远。父亲越不允许做的事，他越对着干。父亲多次对他挥起拳头，又多次颓然放下。这反而加深了他的怨恨，他以为，父亲的妥协，只是因为，他长大了，父亲原是不爱他的。

他开始逃课，和街上一帮小青年混到一起。他染黄头发，还学会了抽烟。父亲常去大街上把他找回，阴沉着一张脸对他说："我只供你到十八岁，十八岁后，你自食其力。"

他把这话听进耳里，想，到底是不爱的，想扫地出门呢。他并不觉得前途的可怕，跟着一帮小青年，总能混口饭吃的。他还是经常逃课，和小青年们一起，在街头横冲直撞。小青年们不知从哪里搞来钱，他们一起花着玩儿，青春年少的天空，一片混沌。

出事是在他十七岁那年，小青年们在街头闹事，打伤人，他当时也在其中。他被抓进派出所，父亲去了，那么高大伟岸神采飞扬的一个人，突然间矮了下去，跟在办案民警后面，态度谦卑得恨不得低到尘埃里。他远远看着，心被什么猛击了一下，生疼生疼。

他被父亲领回家。他以为父亲这次定不会轻饶他的，然而父亲什么也没说，只吩咐母亲，快给他做饭罢。他埋头吃饭的当儿，觉得旁边有个黑影移过来，静静立在他身后。他知道，那是父亲。他静坐着不动，那黑影也不动，空气凝固成一坨冰。他想，若是父亲这次打他，他定不还手。然而父亲的手，只轻轻落到他头上，粗糙而柔软。父亲抚摩了他一下，说："你好好的罢。"他的眼里，突然就涌出泪来。他不答父亲的话，假装埋头吃饭。父亲再站一会儿，转身走了。

第二天，母亲悄悄告诉他："你爸哭了，哭了大半夜。"母亲说："你这孩子，要把你爸伤到什么程度才罢手啊？"他愣住，就那么愣在一方薄凉的空气中。五月了，花在窗外开得轰轰烈烈，他的心，开始疼。

他安静下来，认真读书。他本是个聪明的孩子，稍稍认真，成绩就直线上升。他与父亲关系却尴尬着，以往的种种，总是千般滋味万般感受涌上心头。两个人碰面了，也多半无话。

很快参加高考，一路顺风，他考到离家很远的一个城市去读书。父亲只淡淡说了句："一切要好自为之。"他听了，心里有隐隐的失落。

四年大学，父亲没有到学校看过他一次，倒是写过一次信，信里，父亲写道：好好做人——简单明了。他把信翻来覆去看，看不出温度来。

偶有电话回家，都是母亲接。母亲唠叨得很，怕他冷了怕他饿了怕他不会洗衣裳。他嘴里跟母亲闲闲说着话，耳朵却竖着，听母亲边上的动静。他听到父亲在一旁咳嗽，他希望父亲接过电话，对他说一两句话，父亲却始终没有，他怏怏放下电话。改天，母亲突然电话至，要他记得加衣裳，说有冷空气将降临他所在的城市。他诧异地问母亲："你怎么知道的？"母亲说："你爸天天看天气预报呢，看你那里的天气。"

父亲肺部查出阴影，是他毕业那年的事。那时候，他正为工作四处奔波。父亲出人意料地打了一个电话给他，父亲问他："忙吗?"他在电话里犹豫了两秒钟，回父亲："忙。"父亲没再说什么，只关照："忙完记得回家看看你妈。"

他不知道那时父亲已躺在医院里，咳出的痰里，有血块。诊断结果，是肿瘤，恶性。他得知这消息时，父亲已动过两次手术了。他的心，一刹那间痛得如刀割。

他回家，买了父亲喜欢吃的橘子。父亲半倚在病床上，正跟母亲说着话，看到他，脸色一喜，随后又黯下来，没好气地说："不好好工作，跑回来做什么?"他不还嘴，慢慢走到父亲跟前，把橘子提到父亲跟前晃，说："我买的。"父亲"哼"一声，他在那声"哼"里，听出温柔来。他慢慢伸出手去，握住父亲的手。父亲的手，在他掌中，颤抖了一下，复而紧紧握住他的手。父子两个人，像老朋友似的，对着笑。父亲突然擂他一拳："你这个坏小子!"他回父亲一拳："你这个坏爸爸!"他们的手，又紧紧相握到一起。那一刻他终于知道，这个他误解了二十多年的男人，是这么渴望跟他握手，好把他掌心里的温暖，传递给他。

@ 微心语

人生不是一支短短的蜡烛，而是手中的火炬，我们一定要把它燃得十分光明灿烂，然后传递给下一代。

218

尘世里的初相见

陌生的村庄，在屋门口坐着摘花生的老妇人，脚跟边蜷伏着一只小黑猫，屋顶上趴着开好的丝瓜花……这是一次旅途之中，无意中掠入我眼中的画面，没有什么特别的，但就是常常被我想起。那个村庄，那个老妇人，那猫那花，它们在我心里，投下异样的温暖。我确信，它们与我心底的某根脉络相通。

机场门口，一对年轻男女依依惜别，男人送女人登机。就要登机了，女人走向检票口，复又折回头，跑向男人，只是为了帮他理理乱了的衣领。这样的场景，我总在一些浅淡的午后想起，一个词，很湿润地跳出来，这个词，叫爱情。

送别的车站，一个母亲，反复叮嘱她人高马大的儿子："到了那儿，记得打个电话回家。天好的时候，记得晒被子。"儿子被她叮嘱得烦了，一边往车上跨，一边说："知道了，知道了。"做母亲的仍不放心，伏到车窗外，继续叮嘱："到了那儿，记得打个电话回家啊。"母爱拳拳，怀揣着这样的母爱上路，人生还有什么坎儿不能逾越？

凤凰沱江边，夏初的黄昏，空气中，飘荡着丝丝甜润的水的气息。放学归来的孩子，书包挂在岸边的树上，脱下的衣服，胡乱扔在青石板上。一个一个，跳下水，扑通扑通，搅了一河两岸的宁静。我遥问："冷吗？"他们答："不冷。"一个猛子下去，不一会儿，隔老远的水面上，冒出一个小脑袋来。岸边的游客，一个个笑看着他们。这旅途中偶然撞见的一景，谁能轻易遗忘？时光不管走多远，童年的影子，一直在，一直在的。它碰软了我们的心。

苗人寨里，一场雨刚落过，弯弯曲曲一路延伸上去的青石板上，苔痕毕现，湿漉漉的打滑。瘦瘦的大黄狗，蹲在自家门口。破损的院门，灰灰的屋顶，却从里面走出一个水灵灵的小女孩来。小女孩赤着脚，从青石板上一路奔下去，辫梢上两朵粉红的蝴蝶结，映红了简陋的寨子。我唤她一声，她停下脚步，转身诧异地看着我，笑一笑，又奔下去。我很惊奇地望着她的背影，这么滑的路，她怎么不会摔倒？那次旅途中的其他，我回来后大抵都遗忘了，唯独这个小女孩，不经意地就会出现在我的脑海中，日子里，撩拨着别样的感动。无论生活有多灰暗，总有明亮的东西在，人生不绝望。

这是尘世里的初相见，总会在我们的记忆里反复再现，没有理由地。使我们静静感念一些时光，静静地，不着一言。像老屋子里，落满尘的花瓶中，一枝芦苇沉默。阳光淡淡扫过，空气中，有微尘曼舞。这是宁静的，好吧？这样的宁静，让人内心澄明。怀特说，生活的主题是，面对复杂，保持欢喜。红尘阡陌中，我们欠缺的，或许正是这样一颗欢喜的心。

@ 微心语

幸福就是用一颗宁静之心面对世界微笑。当你抛弃心中的忧虑、欲望、抱怨和仇恨的时候，幸福就会像泉水一样汩汩而出。

那个你伤得最深的人

见过一个父亲的泪。他蹲在一堵墙外，满身疲惫的风尘。先是呆呆地看着街景，后来，他手捂住脸呜咽。双肩耸动，单薄的身影，像极秋深时，枝上一枚欲抖落的叶。眼泪从他指缝处，不住地溢出来，成小溪流。午后的阳光，照在上面，反射出惨痛的晶莹。他的头上，霜花点点。墙内，是看守所。他二十岁的儿子，因跟人合伙抢劫，被关在了里面。

见过一个母亲的泪。车站，她来追她执意要远走的女儿。女儿打扮得时髦，嘴唇抹得鲜艳欲滴。她却头发蓬松，衣着暗淡。她不住地恳求着女儿："妈妈求你了，你不要走啊……"女儿根本不耐烦听，女儿回的话，几乎有些恶狠狠："你烦什么烦，我的事不要你管！"

女儿等的车，终于到站。女儿甩开她试图牵拉的手，跳上去。她急得直拍车窗，口里叫着女儿的小名："兰儿，兰儿，你不要走，你不要走。"惹得旁人纷纷侧目。车到底，还是开走了，做她女儿的，连头都没回一下。她站在人来人往的车站，呆呆望着女儿远去的方向，蓝天白云都是痛啊。泪水从她脸上，成串成串下。

见过一个丈夫的泪。他寻找离家出走的妻，持了妻的照片，问每个过路人："你见过她吗？"问得嘴唇皲裂。一年之中，他走遍大半个中国，妻还是杳无音信。他把她的信息发到他能发到的角落，拜托每个好心的人，帮他留意。半夜三更，电话一响，他就奔过去查询，看是不是妻。一次，得了消息，某个大山沟里一户人家买来的媳妇，很像他的妻。他立马去寻，饿得头晕眼花，差点一脚摔下山崖。

后来的后来，妻还真的被他寻着了。其时，她已再度嫁人，养得珠圆玉润，坚决不肯跟他回家。五大三粗一男人，没法可想了，蹲在马路边，哭得号啕。

见过一个妻子的泪。丈夫背着她，挪用公款给同学做生意，结果同学生意失败，公款还不上了。丈夫害怕之下，选择了逃离，撇下她，一去不返。她天天盼，日日等，夜夜泪湿枕巾，希望某天，丈夫突然归来，那将是多大的惊喜啊。

她鼓足勇气上了电视。面对着无数的观众，她潸然泪下，好几次语不成调，眉目间，全是憔悴和痛楚。她对着镜头，呼唤着她的丈夫："亲爱的老公，你回来吧，哪怕是坐牢，我们一起坐。欠下的债务，我们可以一起还。我们的日子还长，你怎么忍心丢下我，一个人躲得远远的……"

这世上，被你伤得最深的那个人，往往是最爱你的那个人，你伤他总是易如反掌，因为他对你毫不设防。而在被你伤害之后，他只会哭泣，从不知道反抗。

@ 微心语

这世上，被你伤得最深的那个人，往往是最爱你的那个人，你伤他总是易如反掌，因为他对你毫不设防。

相 守

他们是我身边的一对老夫妇。

老先生当了一辈子的兵，身材魁梧，相貌威严。老妇人却生得小巧玲珑，眉眼慈善，见人总是温温和和的，跟一尊菩萨似的。两人无儿无女，据说年轻时曾抱养过一个小孩子，养到十岁，孩子的亲生父母反悔了，又跑来要回孩子。

两人住在一楼，有一个小院子。院子的门很少关着，路过的人便很容易就能看清院内的一切。院内长了不少花草，每日清晨，都是老妇人给花草们浇水，老先生坐在一边，读书看报，静悄悄的。

早饭后，两人一起出门买菜，总是一前一后地走。通常是老先生在前，老妇人在后，中间隔着几米远的距离。有时，老先生会停下来，朝后埋怨："你快点啊，这么磨蹭！"老妇人就笑笑，紧走几步。

午后，他们还是一起外出，不过，在小区门口会分手，一个向东，一个向西。他去找一些老头子下棋，她去找一些老姐妹聊天。小区门口长了不少的羽叶茑萝，花朵开起来像小星星，纤纤细细的一点红，撒了一花坛。老妇人特别喜欢这种花，每次走过时都要弯下腰去，对着那些小花看啊看的。老先生牵牵嘴角，表示不屑，"这有什么看头！"他哼哼两声，头也不回地走了。

黄昏时分，老先生回到小区门口，老妇人回到小区门口，两人像约好了似的，前后相差不了几分钟。他们一起散会步回家。

后来的一天，老妇人突然生了病，不几日，竟撒手走了。

大家在惋惜慨叹的同时，都认为老先生肯定受不了，不定会闹出什么意外来。好心的邻居轮流去陪他，他却平静得很，谢绝了大家的好意。接下来的日子，他一如往常，生活得很有规律。清晨，他给院子里的花草们浇完水后，就去菜场买菜。午后，他外出，到小区门口，停一停，那里，羽叶茑萝还在开着花，小花朵们如撒落的小星星。他眉头挑起，看一眼花，牵牵嘴角，转身去找他的那帮老头子下棋。黄昏时分，他回到小区门口，独自散一会儿步，然后回家。

大家私下里议论，说这老头子真够坚强的。也有人说他们夫妇感情淡薄，老伴走了，他连伤心的表情也没有。后来有人看出端倪来，说完全不是这样的，因为老头子在走路时，行为举止很怪异，每走几步，他都要停下来等着，嘴里叨叨的，像在跟谁说话。与人下棋，下得再酣，到了黄昏时分，他铁定是要回到小区门口的。

再看到老先生，大家的眼睛都有些湿润，不觉得他是一个人在走路，而是两个人，老妇人还慈眉善目地跟在他身后，从不曾离开过。

@ 微心语

万物皆会逝去，唯有爱会化作永恒。即使肉体离去，爱也不曾远离。

会说话的藏刀

导游洛桑，是个迷人的康巴汉子，浓眉大眼，身材魁梧，说一口流利的普通话。他是我们游香格里拉的地陪。一上车，他就给我们来了一个九十度的大鞠躬，浑身是笑："欢迎大家来我们香格里拉做客！你看，天多蓝，云多白！我爱我的家乡！扎西德勒！"

我们很快喜欢上这个年轻率真的康巴汉子。一路上，他一直滔滔不绝地，说当地的风土人情，讲茶马古道的故事，学藏獒叫，唱藏族小曲。他喉咙一展开，我们立即吓了一大跳，那声音简直是金属的，金光灿烂，亮闪闪一片。我们说，若是他去做歌星，保管走红，原生态嘛，现在都热衷这个。洛桑听了，很认真地回答："不，我爱我的家乡，我就愿待在这儿，哪儿也不去。"

我们听不懂他唱的藏语，他就用汉语字正腔圆一句一句翻译，当翻译到一句"草原上的姑娘卓玛"时，我们中有人笑："洛桑呀，你有没有你的好姑娘？"

洛桑哈哈乐了，眼睛瞪大，一本正经答："有啊，我的好姑娘，是世上最漂亮的姑娘。"他告诉我们，他的好姑娘，也是个导游。他们带不同的旅游团，在同一片天空下转着，却难得相见。洛桑说这些时，嘴边一直飞着笑，表情柔和且安静，让人感动。我们于是都在想象他的卓玛，梳很多小辫子垂挂着，穿镶花边系绣花腰带的藏袍，有漆黑得如深潭的眸。问洛桑："是这样吗？"洛桑频频点头："是的，是的。"

停车吃饭，一眨眼不见了洛桑。出门，却发现他蹲在人家水池边，就着一块磨刀石，正专注地磨着他佩的藏刀。问他："带藏刀干吗呢？"他解释："这是藏人服饰中的一块，藏人着装，是要佩了藏刀，才算着好装了。这是流传下来的习俗，藏人最初是用它来防身和切肉吃的。"我们要他示范一下他的刀快不快。洛桑就找了一根铁钉，削了下去。铁钉当即被削断。

即便是这样的锋利，洛桑一有空闲，还是取下他的藏刀磨。这让我们大大不解。洛桑轻轻插刀进鞘，说："我这刀是有灵气的，我把我手上的温度，磨进刀里去，它就会说话。"我们知道他是开玩笑，都跟着一乐。

车过一峡谷，洛桑看着窗外，突然变得很兴奋，洛桑问我们："可以停一下车吗？就五分钟。"我们都伸头往窗外看去，就看到与我们相向的一辆旅游车，停在路边，一些游客散在路旁，正对着峡谷拍照。大家好像明白了什么，都一齐说："我们也下去拍照吧。"洛桑一弯腰,冲我们感激地说:"谢谢大家了,扎西德勒!"

洛桑是第一个跳下车的,他刚跳下车,我们就见到一个藏族姑娘,从那边车旁奔过来,黑黑的脸庞,胖乎乎的身材,穿着红底子碎花的藏袍,没系绣花腰带。这应该是洛桑的卓玛了,很一般的样子。我们一行人,都有些失望。

接下来看到的,却让我们感动无言。洛桑和姑娘面对面站着,对着傻笑。后来,她取下她的藏刀,他取下他的藏刀,他们互相交换了藏刀,伸手按按对方的刀鞘,仿佛在看,那刀是不是在对方的刀鞘里安妥了。她理理他的衣领,他拍拍她的肩,然后回头,招呼各自的游客上车。

车上,洛桑说:"那是我的姑娘。"我们点头:"知道。"洛桑就笑了,问:"我的姑娘漂亮吧?"我们说:"是,漂亮极了。"洛桑听了,非常高兴。他告诉我们,两人长期在外带团,见面少,他们就想了这个法子,每次遇到,就交换一下藏刀,因为对方的温度,会留在刀上。

想来,她在一有空时,也一定取出藏刀,不停地磨啊磨。她把她的情和暖,也磨进刀里面。

@ 微心语

容颜会在时光中变化,爱却会化作永恒的眷恋,成为终生相守的誓言。

远方的远

男人患了肝癌，晚期。行将就木。

守在一边的小女儿，六岁，对死亡懵懵懂懂。她害怕地问男人："爸爸，你要死了吗?"

男人伸手抚了抚小女儿的脸，笑着摇摇头："不，爸爸是要到很远很远的地方去。"

"很远很远的地方在哪儿?"小女儿问。

男人让朋友把他和小女儿带到野外，那里，有一片原野，和低矮的山坡。春天了，草长莺飞，阳光的羽毛，轻轻飘落。一条长满小草和开满野花的小路，弯弯曲曲伸向远方。一群又一群的小粉蝶，在花草间嬉戏。远方，天与山齐。男人指着远方告诉小女儿："那里，是远方的远，爸爸要到那儿去。爸爸的爸爸，也就是你爷爷，一个人在那儿寂寞了，想爸爸了，所以，爸爸决定去看他。等你长大了，爸爸想你了，你也会走这么远，去看爸爸的。"

"那我就坐飞机去。"小女儿说。想了想，她又说，"要不，我坐飞船去。飞船快吧，爸爸？"

男人笑了，男人说："飞船很快很快。可是宝宝，你坐上飞船，你就看不到这些漂亮的小花了。还是慢慢走过去好，你一边走，还可以一边和蝴蝶们玩呀。"

小女儿觉得这个主意不错，她甚至想好，要做个大花环带给爸爸。"只是，你会认出我吗？"小女儿不放心地问。

男人说："到那时，我就问路过的风儿，你们见过我的小女儿吗？我就问路边的小花，你们见过我的小女儿吗？它们会问我，你小女儿长什么样儿呀。我就说，哦，我小女儿有大大的眼睛、小小的嘴，长得像个小公主。她戴着一个美丽的花环，她总是甜甜地笑着，笑起来可漂亮啦。于是，风儿和小花都会争着告诉我，呀，我们见过的呀。它们把我带到你身边，一指你，说，就是她呀。我就认出是你了。"

小女儿开心地笑了。

男人接着说："所以，爸爸走后，宝宝要快乐哦，要笑。不然，那些风儿，那些花儿，会不认得你。"

小女儿点头答应了，很认真地和男人勾了勾小指头。

不久，男人去了。小女儿很思念他，她在纸上画了一幅画：无边的原野，低矮的山坡，弯弯的小路。路边，开着一朵一朵小花，花瓣儿像极了微笑的眼睛，一路笑向天边去了。小女儿不悲伤，她知道，那里，就是远方的远，是爸爸在的地方。有一天，他们会在那里相聚，到那时，她一定要告诉爸爸，她一直一直过得很快乐。

@ 微心语

父爱，不曾远离，不曾远走，哪怕山高路远，哪怕阴阳两隔。

那些疼我的人

三月天，蜜蜂从土墙的洞里钻出来，嗡嗡闹着。柳树绿了。桃花开了。菜花更是开得惊心动魄，铺一望无际的黄。上个世纪七十年代的乡下，这个时候，正是青黄不接，有什么可吃的呢？没有的。

我去爬屋后的小木桥。小木桥搭在小河上方，桥下终年河水潺潺。湍急的水流，在幼小的我的眼里，很可怕，我害怕从桥缝里掉下去。那样的害怕，最终会被一种向往所抵消。爬过木桥，就可以到达几里外的外婆家，外婆会给我一只煮鸡蛋，或是一捧炒蚕豆。这是极香的诱惑。

我很幸运，每次都能安全地爬过木桥去。矮矮的外婆见到我，眼睛笑眯成一条缝。她手里正补着衣，或是正纳着鞋底，她会立即放下手里的活，去灶边生火。一瓢清水倒进锅里，腾起一股热浪来，我知道，我可以有煮鸡蛋吃了。一脸威严的外公埋怨她:"那是换盐的鸡蛋啊,家里快没盐了。"外婆挡着,说:"小点声,别吓着孩子。"他们在屋里嘈嘈切切地吵。我不管那些的,有外婆护着,有香香的煮鸡蛋可吃,便觉得自己是世上最幸福的孩子。现在想来,那时我真是不懂事,不知吃掉外婆家多少的盐,害得外婆一到饭时,便受到外公的责备。

记忆里,也总是体弱,常生病,一病就是半个月。这时有两个女人围着我转,一个是祖母,一个是母亲。光线微弱的茅草房里,祖母的身影,隐在半明半暗中,有种奇异的温暖。我躺在床上看她,她端一只水碗,放在门后,手里握三根筷子,蹲下身去,嘴里念念叨叨,不时叫着我的名字。"你们不要摸我家的梅呀,让她快快好起来,我给你们烧纸钱。"三根筷子终于在水碗里站立起来,祖母便长吁一口气,她的祷告灵验了。迷信的祖母,用她自认为可以为我消灾免难的站水碗的方法,一次次为我祷告。祷告完了,她的手,会轻轻抚过我的脸,沙子吹过的感觉。岁月锻造得她的手,很糙,却极暖。她问我:"乖乖,你的病就快好了,想吃什么?奶奶给你做。"那时摊一块葱油饼,是最难得的美味,我每次都会提这个要求。祖母每次都会满足我,家里没摊葱油饼的白面,她就去问邻居借。葱油饼上好闻的葱花味,香了整幢房子,以至于我病好后,特别留恋生病的日子,便很希望能再得上一场病。

我有过大难不死的几次。母亲说:"有一次出天花,全村八十三个孩子都出天花了,你是最严重的一个。高烧昏迷,不省人事，医生说，没治了，让准备后事。我抱着你，七天七夜没合眼。你呀……"母亲没有继续这个"你呀"，她笑着说起另外的事，关心着我现在是不是还常常熬夜。"不要熬夜呀，人吃不消的。你要好好的呀。"母亲这样说。我却在她那一句未完的"你呀"后面浮想联翩，想我是这么一个难缠难养的孩子，母亲的心，不知碎过多少回。大雪的天，我又突然生病，母亲顶着风雪去找赤脚医生，赤脚医生来，查看了我之后说："不行，你们得赶紧把孩子送街上的医院去。"老街离村子有几十里路，父亲当时又不在家，外面风大雪大的，但母亲还是决定送我前去老街。母亲真的就这么做了，她把我用被子里三层外三层地裹好，躺到借来的拖车上，拖着我上路了。一路上，母亲跌过不知多少跟头，我却安然无恙。到达医院，医生看着雪人一样的母亲，感动了，立即给我做了检查，结果是急性肺炎，晚一会儿，就难治了。我的病好了，母亲的额上，却留下一指长的一块疤，像一条卧着的小蚕。我抚摸着母亲的那块疤，问母亲后不后悔生了我。母亲嗔怪地打掉我的手，说一句："你呀！"

父亲也会跟我说："你呀！"是说我成长中种种的让人不省心。求学时，转过不少学校，听说哪里教学条件好，就闹着要去哪里。父亲为此跟着后面跑断腿。夜幕已四合了，他还骑着辆破自行车，在到处奔波，托人帮我找关系。到达青春时节，爱情成了一件磨人的事，疼痛的心，无处可依。月夜独坐外头，父亲跟出来，坐我身边，跟我讲我小时候的趣事，一边说一边呵呵笑：

"你小时候,真是一个可爱的丫头,圆圆的脸,像个苹果,这样的丫头,怎么会没人疼呢?爸爸相信,你一定会找到一个疼你的人的。"父亲认真地看着我,眼睛里有星星在闪。我的心,就那么平静下来,也跟着笑,觉得即使天塌下来,也还有高个子的父亲帮我顶着,我怕什么呢?我没有什么怕的了。

婚姻中,遇到那人,不是貌似潘安,才似柳永,却会在我生病的时候,守我身边,给我削梨子。会在我磕疼的时候,给我揉瘀血的膝盖,并且责怪:"怎么这么不小心?"会买我爱吃的鸡蛋卷回来,还有我喜欢的花花草草,摆满一阳台,还是不满足,我说我还要。他答应一声:"好。"有时我会明知故问:"你宝贝我吗?"他说:"我不宝贝你,还能宝贝谁呢?"时光刹那停住,地老天荒。

现在,我在织一件毛衣。要过冬了,儿子的毛衣嫌短了。我挑橘黄的颜色,选一种小熊猫的图案,这样织出来,一定漂亮非常。想儿子穿上,一定帅气极了。儿子在一边看着,问:"妈妈,是给我织的吗?"我答:"不给你织,给谁织呢?""那么,妈妈,你是宝贝我的吗?"他又问。我答:"我不宝贝你,还能宝贝谁呢?"思绪就在那一刻拐了弯,我生命中那些疼我的人,一一浮现出来。我痴痴地想,上帝送他们来,就是为了来疼我的。就像我疼我的儿子一样。世间的美好,原是这样的爱写成的。

如今,我的外婆和祖母,早已先后去世了。很安慰的是,她们走时,我在她们身边。她们看着我,最后疼爱的光亮,像淡淡的紫薇花瓣落下，落在我的脸上，留在这个世上。

@ 微心语

　　无论世事多么艰难，都要好好活着。好好活着，不仅仅为了自己，也为了那些疼你的人。

不要对那个人叫嚷

周末，是乡下家长来学校看孩子日，每到这时，学校门口都拥满人。几乎没有一个家长，不是手提肩背的，那里面，吃的穿的用的，应有尽有，有好些东西几天前就在家里准备好了。

有一幕，总遇见：驼背的母亲，无比艰难地在人群中挪着步。那背，可真叫驼，已弯曲成一把弓。她的头，努力向上昂着，鸭子一样，伸向前去，一步一匍匐。即便这样的母亲，亦是要在背上，背上一个大包裹，那里面塞着她儿子爱吃的小菜，和换洗的衣裳。

做儿子的与母亲恰恰相反，生得高大挺拔。他在人群里，早已看到母亲了，并不叫唤，而是一阵风似的冲出校门。路过母亲身边时，用胳膊肘捅一下母亲，继续往前走，头也不回。母亲见到儿子，焦急的神情，立即换上欢喜，笑容满满地爬在脸上。她回转身，在后面一迭声呼唤着儿子的小名，踩着碎步，跟在后面追。

她的叫声，引来一些人张望。儿子急，在人少的地方停下来，回头，对母亲跺脚，眉头紧皱。等到母亲气喘吁吁赶到跟前，儿子俯视着母亲低声呵斥："你叫什么叫，生怕别人听不见哪？！"一把拽过母亲背上的包裹，恨恨道："跟你说过多少回了，不要来，不要来，你为什么还要来？"

母亲不恼，母亲仰着头看着儿子笑，轻言慢语说："我不来，谁给你送东西呀？"

"我会自己请假回去拿的。"儿子的眼睛，不看母亲，他扫视周围的人，那眼神，明显有些躲闪。

母亲还是宽容地笑："你这来来回回的，多浪费时间啊，我给你送来，省得你来回跑。"

儿子恼了，跺脚叫："谁让你送，谁要你送！"话说完，提了东西要走。母亲赶紧拉住儿子，想跟儿子多唠几句。她絮叨着说，煮的鸡蛋要趁早吃掉，不然会坏掉的。鱼罐子吃好了不要把罐子扔掉，下次好再装了带来。被子要时常捧出来晒……

儿子不耐烦地说："你有完没完？下次你不要来了！"他挣脱母亲的手，甩开步子，往学校跑去，仿佛后头跟了追兵。母亲这回没跟着追，只是望着儿子的背影，心疼地念叨："这孩子，又瘦了。"

我站一边，望良久，看着这位母亲踅回头，一步一蹒跚，走远了。

在校园里，亦曾碰见过另一个女学生，对着前来看她的父亲发火。是嫌父亲给她买的外套不好，女学生冲着父亲叫嚷："谁让你买的？乱做主！这颜色难看死了，我不穿！"做父亲的捧着那件外套，讪讪笑着，束手无策地站在一边。

女学生我教过，平日里，是个温文尔雅的孩子，却在父亲面前，全然失了礼貌。当她看见我，很尴尬，低声叫了声："老师。"我摸摸那件衣，我说："挺好看的呀。"做父亲的如同得了天书："你看，你们老师都说好看的。"女学生瞅了父亲一眼，红着脸，接下了父亲买的衣。

我很想告诉这些孩子，请不要对那个人大声叫嚷。他们或许贫穷，或许丑陋，或许木讷，可是，他们的爱，一样淳厚，一样珍贵。因为，那是血浓于水。你的叫嚷，是对他们爱的践踏。

@ 微心语

小时候，我们靠在父母的怀抱里享受父母的爱；长大了，我们有了结实的肩膀，也让辛苦了一辈子的父母好好休息一下。父母会露出欣慰的笑容，体会到儿女成长后的知足与幸福。

雪地里的背影

冬天的乡下，是一年中最清闲的时光。白雪封田，家家茅草房里，都有一炉炭火燃着。外面一个冰冻世界，屋子里，却是一家人最和暖的日子。

棉花匠都是在这个时候，来到村子里的。一辆破自行车上，挂着他的家当。他一进村子，就有眼尖的小孩子叫起来，弹棉花喽。

每年到村子里来弹棉花的，都是一个背有点驼的男人，脸色黢黑，看不出他的实际年龄，有说他三十多岁的，有说他四十多岁的。村人们看他的眼光有些怜惜，怜惜他一个人过日子的艰难。家家都拆了旧棉被，请他到家里来弹。嘭嘭嘭的弹棉花声，就拉响了，从这家响到那家，一直响到年脚下。在棉花匠的手底下，再结实的旧棉被，也会被弹得酥软。用不了多久，一床暖和的新棉被就成了。大家都夸棉花匠好手艺。棉花匠听了，只笑笑，不说话。他是个沉默寡言的男人。

这一年的冬天，棉花匠又来了。脸色依然黢黑，脸上却一直挂着笑，仿佛藏着什么好事情。他甚至变得有些亲切了，让围在边上看他弹棉花的小孩拉一拉他的棉弩。小孩子拉不动，他就笑了，说，这个，可不是随便能拉动的，要好好练的。他也变得爱说话了，跟村人们聊收成聊日子。他说，过日子苦点不要紧，只要家里有个贴心的人。村人们就打趣他，想女人了吧？他嘿嘿笑，没有否认。

这年，在村子里弹完最后一床棉被，要结算工钱了，棉花匠提出，不要工钱，只想要些棉絮。原来，他有女人了，他想送她一床新棉被过年。大家听了，都替他高兴，争着问他女人的情况。他只一个劲说好，她什么都好。家家便都匀出一些棉絮给他，他把棉絮装进一个蛇皮袋里，背到肩上，脸上现出快乐的潮红。

来年的冬天，棉花匠的自行车后，就跟着一个女人。女人也有张黢黑的脸。村人们看着，笑着点头道，倒也配。大家请那女人喝茶，跟她讲，棉花匠可是我们村里的老熟人了。女人打着手势，不答言，只羞涩地微笑。村人们这才知，女人，原是一哑巴。私底下都替棉花匠可惜。

棉花匠却乐着，弹棉花的动作变得轻盈，一下一下，嘭嘭嘭的，像唱歌。女人守一边，笑着看他，帮他拉线，压垫，配合得天衣无缝。洁白的棉絮飞成一朵朵花，把他们罩在里面。

又到结算工钱的时候，棉花匠依然不要工钱。这次，他提出，要一些白面馒头。年脚下了，家家都蒸了几笼馒头准备过年呢。大家奇怪地问他，要这么多馒头做什么呢？拿了钱可以买其他东西呀。他嘿嘿笑两声，看他女人一眼，说，我家女人喜欢吃。

棉花匠如愿得到馒头。这家给点，那家给点，竟装了满满一袋子。他和他的女人，推着那袋子馒头，走在雪地里，一步一步向着他们的家走去。他们的背影，像栖在大花被上的一对鸳鸯呢，不知咋的，看得村人们眼睛湿润。

@ 微心语

当时光流逝，光阴荏苒，生活归于平淡之时，真正的爱能穿越时空，被时间激荡出最耀眼的光芒。

我用我的明媚等着你

她是我在住院时认识的。

因那人总是低烧不断，我们在医院住了一段日子。一个病房同住的，是她和她的丈夫。一次意外的交通事故，她的丈夫被撞成重伤，经过抢救伤好了，人却沉睡不醒。医生说，可能要变成植物人。

这样的灾难掉到谁身上，谁都要呼天抢地一番，从此，愁云笼罩，天崩地塌，生活中再没有欢乐可言。然我初见她时，却大大吃了一惊，她太时髦太漂亮了。初冬的天，她一袭薄呢裙，亭亭玉立。脸上化着妆，唇上抹着鲜艳的口红，耳朵上垂挂着长长的耳坠，长头发盘在头上，刘海鬈鬈的，覆在额前——显然经过精心打理。

她在病房内唱歌，唱得很欢快。她讲很多的趣闻，说到开心处，兀自大笑不已。大家看她的眼神，都怪怪的，背后没少议论，说这个女人太没心没肺了，丈夫都成这个样子了，她还有心思打扮说笑。也预言，过不了多久，她肯定会抛夫另嫁。她有这个条件，人长得好看，又年轻，据说，还有一份不错的工作。大家对躺在病床上毫无知觉的她的丈夫，便抱了极大的同情，不住地感叹，夫妻本是同林鸟，大难临头各自飞。

倒是她，仿佛对眼前的不堪视而不见。每天，她总要抽出一些时间，溜出医院去。回来时，手里准会带回一些宝贝——淘来的衣，丈夫的，她的。或一些打折的首饰。或者，搬一盆花回来，一路灿烂着。花被她安放在病房的窗台上，精神抖擞地开着，或红或黄，把一个病房，映得水红粉黄。

午后时光，人犯困，她把淘来的宝贝们披挂在身，在我们跟前走 T 型台步，脸却朝向她的丈夫，频频笑问，你看我漂亮吗？很漂亮的是不？她的丈夫自然没有反应，她却乐此不疲地走着她的 T 型台步，乐此不疲地问着这些话。

深夜，我一觉睡醒，发现她不在病房内。我推开阳台的门，看见她坐在阳台上，望天。月到中天，淡淡的月光，在她身上，镀一层银粉。她看上去，像幽暗深处的瓷器，闪着清冷的光。她听到门响，转过脸来，我看到，一对"明月珠"，坠在她的腮旁——她在哭。

我愣住。她的苦痛，原是藏在深夜里，藏在无人处。她抱歉地对我说，吵醒你了？我说，没。也只能这样安慰她，他会醒过来的，一定会的。

她伸手抹抹眼睛，笑了，说，我知道他会醒的。他喜欢我打扮得漂漂亮亮的，他喜欢我开开心心的，所以，我要打扮得好看些，等他醒过来。

为之动容。再看月下的她，身上似乎有了圣洁的光芒，绵长绵长的。

两星期后，我们出院。她送我到医院门口，把一款淘来的毛衣链，塞到我手里。告诉我，配了怎样的线衣会好看。她像对我说，又像对她自己说，无论什么时候，我们都要漂亮啊，这样才会有好心情，好好活。

这之后，也偶有联系，我打电话去，或她打电话来。每次电话里，她都兴高采烈地向我描绘，她穿什么衣服了，她戴什么首饰了，她又淘到什么好宝贝了。我的眼前，便晃着一个年轻的女子，刘海鬈鬈的，口红抹得像朵盛开的花，长长的耳坠，晃动着。她漂亮得让人仰视。

春暖花开时，我把她给我的毛衣链找出来，配了她说的那种颜色的线衣，果真漂亮。她的电话，在这时响起，她喜极而泣地告诉我，他醒了。

我笑了，深深祝福了她。这是我意想中的结果，我从来不曾怀疑过，她一定会用她的明媚，唤醒他。

@ 微心语

　　面对生活，勇敢做出自己的选择，在选择前，有一张真诚坚定的脸；在选择后，有一颗不放弃的心。

母亲的心

那不过是一堆自家晒的霉干菜，自家风干的香肠，还有地里长的花生和蚕豆，晒干的萝卜丝和红薯片……

她努力把这些东西搬放到邮局柜台上，并且小心翼翼地询问："请问，寄这些到国外，要几天才能收到？"

这是六月天，外面太阳炎炎，听得见暑气在空气中嗞嗞开斥的声音。她一定赶了不少路，额上的皱纹里，渗着密密的汗珠，黝黑的皮肤，泛出一层红来。像新翻开的泥土，质朴着。

这天，到邮局办事的人，特别多。寄快件的，寄包裹的，寄挂号的，一片繁忙。她的问话，很快淹没在一片嘈杂里。她并不气馁，过一会儿便小心地问上一句："请问，寄这些到国外，要多少天才收到？"

当她得知最快的是航空邮寄，三五天就能收到，但邮寄费很贵。她站着想了会儿，而后决定，航空邮寄。有好心的人，看看她寄的东西，说："你划不来的，你寄的这些东西，不值钱，你的邮费，能买好几大堆这样的东西呢。"

她冲说话的人笑，说："我儿在国外，想吃呢。"

却被告知，花生、蚕豆之类的食物，不可以国际邮寄。她当即愣在那儿，手足无措。她先是请求邮局的工作人员通融一下，"就寄这一回，好不？"她说。邮局的工作人员跟她解释："不是我们不通融啊，是有规定啊，国际包裹中，这些属违禁品。"

她"哦"了声，一下子没了主张，站在那儿，眼望着她那堆土产品出神，低声喃喃："我儿喜欢吃呢，这可怎么办？"

有人建议她，给他寄钱去，让他买别的东西吃。又或者，你儿那边也有花生蚕豆卖呢。

她笑笑，摇头。突然想起什么来，问邮局的工作人员："花生糖可以寄吗？"里边答："这个倒可以，只要包装好了。"她兴奋起来："那么，五香蚕豆也可以寄了？我会包装得好好的，不会坏掉的。"里边的人显然没碰到过寄五香蚕豆的，他们想一想，模糊着答："真空包装的，可以吧。"

这样的答复，很是鼓舞她，她连声说谢谢，仿佛别人帮了她很大的忙。她把摊在柜台上的东西，一一收拾好，重新装到蛇皮袋里，背在肩上。她有些歉疚地冲柜台里的人点点头："麻烦你们了，我今天不寄了，等我回家做好花生糖和五香蚕豆，明天再来寄。"

她走了，笑着。烈日照在她身上，蛇皮袋扛在她肩上。大街上，人来人往，没有人会留意到，那儿，正走着一个普通的母亲，她用肩扛着，一颗做母亲的心。

@ 微心语

母爱是在生活中自然流露出来的点滴，是流淌在儿女心中最真诚的爱。

爱的延续

　　女人曾有个和美的三口之家，丈夫，儿子，她。他们其乐融融，是寻常人家的幸福。

　　然而不幸的是，儿子四岁那年，丈夫突然患病走了。女人的日子，陡地被架空，她痛苦得恨不得跟了丈夫走。这时，儿子稚嫩的小手，牵住了她。她想，她不能绝望，她还有个儿子呢。

　　儿子成了女人的天，日子里再多的苦，都不觉得苦，只要每天看到儿子的笑脸。为了儿子，女人甚至没再嫁人。心头有个希望，就是把儿子培养成人，到北京念大学。那也是丈夫活着时所期望的。

　　儿子一天一天长大，灿烂，阳光。高考时，儿子很顺利地考上北京一所名牌大学。女人脸上早早爬上的皱纹，于那一刻，全舒展开来。她对着丈夫的遗像，喃喃说："你看你看，我们的儿子多有出息啊。"欢喜的泪，一滴一滴往下流。

大一这年暑假，儿子从北京回来度假。只一年没见，北京那座海纳百川的城，已把儿子锻造得像个真正的男子汉了。儿子对她说："妈妈，我以后要在北京工作，在北京买房子，你搬去住，天天可以去看天安门。"女人听了，笑得哽咽，心里充满了做母亲的甜蜜。

愉快的暑假快结束时，灾难突然降临。那天，儿子快快乐乐告诉女人，他上街去买点土特产带给同学。这一去，竟成永别。半路上，儿子被一辆飞驰的摩托车撞了。

女人哭得惊天动地，泪落成河。旁边围观的人，没有不陪着落泪的，并且替她抱不平，说："你儿子行走的路线一点没错，都是那个开摩托的，横冲直撞。"

女人坚决要见肇事者，那个时候，她是恨不得要把他碎尸万段的。

肇事者在这场事故中，也受了重伤，已被送进医院。女人在别人陪同下，去了医院。隔着玻璃门，女人看到撞她儿子的年轻人，一张还带稚气的脸上，沾满血污。旁边坐一妇人，正在号啕，一边哭一边说："儿呀，你怎么闯了这么大的祸呀？你的眼睛瞎了，以后怎么活啊……"

从医生那里，女人了解到撞他儿子的年轻人，眼睛受伤太重，将面临失明。女人心里顿感百味杂陈，号啕着的妇人那痛苦的样子，在她眼前挥之不去。她做出一项决定，把儿子的眼角膜，捐献给那个年轻人。

没有一个人能理解她的行为，大家都认为她是气糊涂了，有好心人出面阻挠，说："是他撞死了你儿子，你这样做，你儿子会死不瞑目的啊。"但女人却坚持着自己的选择，流着泪在捐献单子上签下她的名字。

不久后的一天，女人的家门，被一个年轻人敲开。年轻人看见女人，二话没说，扑通一声就跪下了，饱含深情地对她喊道："妈妈！"

女人扶起年轻人，泪眼蒙眬中，女人看到，她的宝贝儿子回来了，儿子明亮的眼睛，晶莹得像天上的星……

@ 微心语

把恩恩怨怨看小了去，把宽容的灵魂放大了去，母亲宽厚仁慈的心让我们重新审视了生命的高度。

父亲的菜园子

父亲在电话里给我描绘他的菜园子：菠菜，大蒜，韭菜，萝卜，大白菜，芫荽，莴苣……里面什么都长了，你爱吃的瓜果蔬菜有的是，你就等着吃吧。

我的眼前，便浮现出这样的菜园子：里面的青翠缠绵成一片，浅绿配深绿，饱吸着阳光雨露。实在美好。

既而我又有些怀疑了，父亲虽是农民，但他使的是粗活，挑河挖地，他很在行。而种瓜种菜，是精致活，像绣花一样的，得心细才行。几十年来，这些都是母亲做的，父亲根本不会。

我的疑虑还未说出口，父亲就在那头得意地说，种菜有什么难的？我一学就会了。我知道你喜欢吃这些呢，所以辟了很大的一个菜园子。

自从母亲的类风湿日益严重后，父亲学会了做很多事，比如煮饭和洗衣。想到年近七十的老父亲，在锅台上笨拙的样子，我的眼睛，忍不住发酸。父亲却满不在意，他乐呵呵地说，等你回来，我到菜园子里挑了菜，炒给你吃，活鲜鲜的，保管你喜欢吃。

父亲的菜园子，在父亲的描绘中，日益蓬勃起来。他说，青椒多得吃不掉了，扁豆结得到处都是，黄瓜又打了不少的花苞苞了，萝卜马上就能吃了……我家的餐桌上，便常常新鲜蔬菜不断，碧绿澄清着。有的是父亲亲自送来的，有的是父亲托人带来的。父亲说，市场上的蔬菜农药太多，你们少买了吃，还是吃家里带的好。

有时，父亲带来的蔬菜太多，我吃不掉，就分赠给左邻右舍。即便这样，父亲仍在电话里问，够不够吃？不够，我菜园子里多着呢。仿佛他那儿有一口蔬菜的井，可以源源不断地喷出蔬菜来。

便想象父亲的菜园子，里面的瓜果蔬菜，长势喜人，是一畦一畦的活泼呢。

偶然得了机会，我回老家，第一件事，就是直奔父亲的菜园子。母亲坐在院门口笑，母亲说，你爸哪里有什么菜园子啊，学了大半年，他才学会种青菜，这人笨呢。

我疑惑，那，爸送我的那些蔬菜哪里来的？

母亲说，是你爸帮工帮来的。我不能种菜了，他又不会种，怕你没菜吃，他就去人家地里帮工，人家送他一些现长的瓜果蔬菜抵工钱。

256

怔住。回头，瞥见父亲站在不远处，正不好意思地冲我笑，他因他的"谎言"被揭穿而羞赧。嘴上却不肯服输，招手叫我过去，说，你别听你妈瞎说，我不只会种青菜的，我还学会了种芫荽。

他领我去屋后，那里，新辟了一块地，地里面，一些嫩绿的小芽儿，已冒出泥土来，正探头探脑着。父亲指着那些芽儿告诉我，这是青菜，那是芫荽。还种了一些豌豆呢。你看，长得多好。

这里，很快会成一片菜园子，你下次回家来看，肯定就不一样了，父亲说。他的手，很有气势地在半空中画了一个半圆。

我点头。我说到时记得给我送点青菜，还有芫荽，还有豌豆。我喜欢吃。

@ 微心语

　　父爱如山，父爱无言，只有慢慢品味过后方能体味
其中的甘甜与醇香。

那些雪，那些暖

南方的朋友，给我讲了一个故事。雪在南方成灾的时候，她所在的城，也被大雪所困，全城停电停水。一到夜晚，整个城，黑得让人恐慌。

那晚，朋友下班回家，曾经灯光活泼的窗口，黑沉沉的。一座城，寂静如荒岛。朋友家在五楼，黑暗中，楼梯充满恐怖地对着她。她迈着沉重的步子上楼，想着那长长的楼梯，她该如何一步一步走到头，心里顿时凄凉暗生，一漫一大片。

这时，朋友突然听到身后的门，吱呀一声开了，一束手电筒的光亮照过来，暗黑的楼梯上，霎时跳跃着温暖的光芒。朋友回过头去，灯光处，隐约看见一个大人和一个孩子的身影。孩子举着手电筒，温暖的光芒，一直把她送至五楼。

朋友说，这辈子，她都不会忘记那束灯光，于漆黑寒冷中，把她无助的心，焐得温热潮湿。

我的另一个朋友，也给我讲了一个有关雪有关温暖的故事。那是春节返家的途中，她所乘的中巴车，被大雪困在一座桥上。在等待救援的过程中，一车的人，又冷又饥。大家焦虑不已，一边抱怨着，一边诅咒着外面的雪。突然，白雪地里，一个农民，远远地走来。肩上担着副担子，担子两头，挑着两只木桶。扁担头上，挂着一些白瓷缸，随着他的走动，白瓷缸叮当作响。车上有人苦笑说，这个农民真精明，知道趁火打劫呢，准是高价来卖什么吃的了。

近了。一张黑脸庞，笑吟吟贴在车窗外。大雪的天，他的额上，居然沁出细密的汗。司机打开车门跳下车，他跟司机嘀咕了两句，司机一脸是笑，赶紧把他让上车。他卸下担子，揭开挑来的木桶，里面热腾腾的，竟全是生姜红糖水。他舀满满一瓷缸，端上，憨憨地笑着对车上人说，冻坏了吧？生姜茶驱寒，你们将就着喝点，暖暖身子吧。

一车人，都喝了他的生姜茶。一车人的心，都被他的生姜茶烫暖了。大家要给他钱，他吓得双手直摇，连说，使不得使不得，一点生姜茶，哪能要钱呢。赶紧挑起他的空担子，走了。一车人目送着他走远，眼前困住他们的雪，也变得可爱起来。一瓷缸姜茶的温暖，从此留在他们心上。

看报，看到河北唐山市十三个农民的事迹。南方雪灾，让他们坐立不安。他们自掏腰包，自发组成一支抗灾抢险队伍，于大年三十这天，千里迢迢奔赴受灾最严重的郴州，冲到抗灾最前线，吃尽辛苦。他们中年龄最大的，六十二岁，年龄最小的，仅十九岁。

他们的理由，简单而朴素：当年唐山大地震时，全国人民帮了他们；现在，是他们回报的时候了。

@ 微心语

这世上，真诚的付出，从来不会落空。当你送出了温暖，总有一天，它会带着他人的体香，重又回到你身边，慰藉你的寒冷和困厄。

手指上的温度

坐在母亲的小院里晒太阳，冬天的太阳。

母亲的小院落，还是从前的模样。几十年了，无数个季节花开花落，星月流转，它却坚定地守在这里，等着我回来晒太阳。

母亲把炒好的南瓜子捧出来给我嗑。夏天的时候，母亲的小院里，还有门前屋后，总会开满艳艳的黄花，是南瓜的花。不多久，就看到很有些壮观的场面：大大小小的南瓜，睡在绿的叶间，像胖娃娃。母亲吃不掉那些南瓜，母亲栽种它们的目的，是为了取里面的籽。把那些籽洗净，晒干，炒熟，就是香味四溢的瓜子儿。母亲知道她的孩子喜欢吃。

母亲的脚步声在院门外响起，胳膊肘里挎着篾篮，篾篮里是碧绿的青菜，很蓬勃。母亲不知打哪儿学到一句很时髦的话，笑眯眯地对我说："这是绿色食品。"父亲跟在后面进来，也说："这是绿色食品，一点农药都没打过的。"母亲回头，佯怒道："怎么我跑到哪儿你跟到哪儿，跟只猫儿似的？"

父亲对我告状，说母亲老是欺负他。母亲不甘落后，也抢着告状，说父亲欺负她了。我问怎么个欺负法的？两个人就傻笑，说不出个所以然来，只嘟囔着说，反正欺负了。

心突地一紧，想起小时候，受了冷落，总是以这样的方式来引起父母的注意，到母亲面前告状，说姐姐欺负我了。母亲就会抱抱我，亲亲我。母亲的温度，通过手指传给我，我小小的心，变得很满足很温暖。

阳光绵软如絮。恍惚中，从前的那个小女孩长大了，而我的父母却小了，愿望只剩下那么一点点——只想不被儿女们遗忘掉。

眼睛触到父亲的白发，母亲的皱纹，突然无话。记起回来时，曾在包里塞进一条烟，是带给父亲的。虽说吸烟有害健康，是我极力反对的，但父亲没别的嗜好，就爱吸两口。我所能做的，也就是顺了他的喜好，让他开心。

父亲得了香烟很得意，跑到母亲跟前炫耀，他晃着那条烟馋母亲，说："丫头带给我的。"其神态，像意外得了宝贝的孩子。

母亲不乐意了，跑过来，对我摊开双手说："我也要。"我觉得好笑，我说你又不吸烟，要烟做什么？遂低头到包里翻找，我找到一盒巧克力，是单位同事结婚时发的喜糖，我随手放在包里面了。我把巧克力拿出来给母亲，母亲惊喜非常，把那盒包装精美的巧克力托在掌上，看了又看，然后举到父亲跟前，欢天喜地地说："看，丫头还是最宝贝我，送我的东西比送你的好看。"

午饭过后，我回城。半路上，到包里掏纸巾擦手，手触到一个纸盒，掏出来，竟是我给母亲的那盒巧克力。不知何时，母亲又把它悄悄塞回到我的包里面，上面的包装都未曾动过。

我明白了，母亲索要的，不过是我手指上的温度。

@ 微心语

有一个人占据你心底最柔软的地方，你愿用自己的一生去爱她，这个人是母亲。有一种爱让你肆意地索取享用，却不求任何回报，这种爱叫母爱。

希望的炭火

他出生的时候，亲人们还不曾来得及欢喜，就跌进深不见底的冰窟窿中——他居然，是个脑瘫儿。前路遥遥，漆黑一片，不见一丝光亮。

痛得最锥心的，是他的母亲，那个叫陈立香的女人。十月怀胎，有过多少美好的想象啊，想象他的帅气与聪明，想象他的活泼与可爱，却从不曾想过，他会脑瘫。

无数的日夜，她对着他，泪流成河。他却无知无觉。两岁多了，还听不见声音，不会说话不会走路，眼睛斜视嘴巴歪着……她抱他入怀，肌肤贴着肌肤，有种奇异的感觉，穿心而过。那是他传递给她的温度。即使他痴着傻着，他依然是她最疼的骨肉。

母爱在那刻长成参天的树。她为他，辞去工作，专门回家带他。她给他唱儿歌，背唐诗，讲故事……日子一天叠着一天，日月轮转,她在日月轮转里,早早地白了头。却有一个信念不倒,那就是,她宝贝的意识只是睡着了,她会唤醒他。

她真的唤醒了他。他开口说话了,虽然吐字不清,可在她听来,不啻天籁。后来,他又开始学走路了,一步一步,每一步的迈进里,都有她虔诚的欢呼和期待。到达上学年龄,她做出重大决定,要送他去上学。所有人都觉得不可思议,他虽然可以说话可以走路了,但行动并不利索,与同龄孩子的伶俐相比,相去甚远。有人劝她:"别折腾了吧,他现在勉强能说能走,已是最大造化,你还要怎的?"

她却坚定着自己的坚定,一定要让他读书识字,让他和其他正常孩子一样。费尽周折,她把他送进学校。

从此,他一个人独自背着书包去上学。一路上,他摔过不知多少跟头,她就在后头跟着,却狠着心不去扶他,一任泪水在她脸上肆意流。他手握不住笔,她想尽办法,用布条子,把笔缚在他手上。于是纸上留下一道一道歪歪扭扭的线条,那是他写的字。她看着笑了,在她眼里,那是盛开的花瓣……

一路千山万壑走下来,这一走,就是二十年。二十年的时间,足以磨平许多耐心。她却一直没有放弃,时时守在他身边,一点一点为他积攒,那束叫作希望的炭火。终于在他二十岁那年,那些炭火,化作熊熊大火燃烧——他考上大学了!

他进大学读书时,有记者得知他的经历,很感动,特地采访他。他激动得脸憋得通红,讷讷半天,在一张纸上深情地写道:

"感谢妈妈!"

她知道了,热泪长流。

二十年的含辛茹苦,这世上,除了母亲,谁还能做出这样的坚持?

@ 微心语

母爱是世间最伟大的力量,温暖无私,不计回报。

母亲,人间第一亲;母爱,人间第一情。

266

如果可以这样爱你

　　母亲坐在黄昏的阳台上。母亲的身影没在一层夕照的金粉里。母亲在给我折叠晾干的衣裳。她是来我这里看病的，看手。她那双操劳一生的手，因患类风湿性关节炎，现已严重变形。

　　我站在她身后看她，我听到她间或地叹一口气。母亲在叹什么呢？我不得而知。待她发现我在她身后，她的脸上，立即现出谦卑的笑："梅啊，我有没有耽搁你做事？"

　　自从来城里，母亲一直表现得惶恐不安。她觉得她是给我添麻烦了，处处小心着，生怕碰坏了什么，对我家里的一切，她都心存了敬意，轻拿轻放，能不碰的，尽量不碰。我屡次跟她说："没关系的，这是你女儿家，你想做什么就做什么。"母亲只是羞怯地笑笑。

　　那日，母亲帮我收拾房间，不小心碰翻一只水晶花瓶。我回家，母亲正对着一堆碎片默默垂泪，她自责地说："我老得不中用了，连打扫一下房间的事都做不好。"我扫去那堆碎片，我说没事的没事的。我想起多年前，我还是个小姑娘时，因调皮捣蛋，打碎家里唯一值钱的东西——一只暖水瓶，我并不知害怕，告诉母亲，那是风吹倒的。母亲自然知道我是在撒谎，却不戳穿，她把我上上下下检查一遍，看我没伤着，这才长舒一口气说，风真该打。现在，我真的想母亲这样告诉我，啊，是风吹倒的。那么，我就会搂住她说，风真该打。母亲却没有，尽管我一再安慰她，这花瓶不值钱的，改天我去抱十只八只回来。母亲还是为此自责了好久。

送母亲去医院，排队等着看专家门诊。母亲显得很不安，不时问我一句："你要不要去上班？"我告诉她，我请了假。母亲愈发不安了，说："你这么忙，我哪能耽搁你？"我轻轻拥了母亲，我说："没关系的。"母亲并不因此得到安慰，还是很不安，仿佛欠着我什么。

轮到给母亲看病了，母亲反复问医生的一句话是，她的手会不会废掉。医生严肃地说："这事说不准啊。"母亲就有些凄凄然，她望着她的那双手，喃喃道："这怎么好呢？这怎么好呢？"出了医院门，母亲不住地叹气："梅啊，妈妈的手废了，怕是以后再不能给你种瓜吃了。"声音戚戚的。我从小就喜欢吃地里长的瓜啊果的，母亲每年都会给我种许多。我哽咽无语。我真想母亲伸出手来，这样对我说："啊，妈妈病了，梅给我买好吃的吧。"我小时病了，就是这样伸着手对着母亲的，我说："妈妈，梅病了，梅要吃好吃的。"母亲就想尽办法给我做好吃的。有一次，我大病，高烧几天后醒来，母亲卖了她珍爱的银耳环，给我买我想吃的鸭梨。

带母亲上街，给母亲买这个，母亲摇摇头，说不要。给母亲买那个，母亲又摇摇头，说不要。母亲是怕我花钱。我硬是给她买一套衣服，母亲宝贝似的捧着，不住地摩挲，感激地问："要很多钱吧?"我说不值多少钱的，但母亲还是很感激。我想起小时候，我看中什么，闹着要母亲给我买，从不曾考虑过母亲是否有钱，我要得那么心安理得。母亲现在，却把我的点滴给予，都当作是恩赐。

街边一家商场在搞促销，搭了台子又唱又跳的，我站着看了会儿，一回头，不见了母亲。我慌了，大字不识一个的母亲，如果离开我，她将怎样的惶恐？我四下里寻找，不住地叫着妈，最后看见母亲站在路边的一棵梧桐树下，正东张西望着。看见我，她一脸羞愧，说："妈眼神不好，怎么就找不到你了，你不会怪妈妈吧?"我本想责备她的话，咽了下去。突然有泪想落，多年前的场景，一下子晃到眼前来：那时我不过四五岁，跟母亲上街，因为贪玩，跑丢了。母亲一头大汗找到我，我扑到她的怀里委屈得大哭。母亲搂着我，不住嘴地说："是妈不好，是妈不好。"脸上有着深深的懊恼。而现在，我的母亲，当我把她"丢"了后，她没有一丁点委屈，有的，依然是自责。

我上前牵了母亲的手，像多年前，她牵着我的手一样，我不会再松开母亲的手。大街如潮的人群里，我们只是一对寻常的母女。如果可以这样爱你，妈妈，让我做一回母亲，你做女儿，让我的付出天经地义，而你，可以坦然地接受。

@ 微心语

　　在人生道路上，不能一味地索取父母的爱，乌鸦有反哺之恩，羔羊有跪乳之义，更何况人呢?

这个世界会好起来的

　　岁末的北京，冷，下着小雪。最是乞丐难耐时。无处不在的寒冷，侵袭着他们单薄的身子。在西单一地下通道，就有这么一位老人，在那里乞讨度日。身边的脚步来来往往，但少有为他停下的。

　　一个女孩偶然路过那儿，无意中看到蜷缩在一边的老人，动了恻隐之心。她先是跑到老人跟前，给老人钱。后来看到老人冻得瑟瑟，她又脱下身上的外套送给老人，并把自己脖子上的围巾摘下来，给老人围上。这才放心地离开，随后消失在人群里。

　　这是一个真实的故事。我在看这个故事时，窗外的西北风，吼得呼啦啦。云层低垂，又一场寒冷降临。心却因这个故事，温暖地湿润着。寒冷夜，那个老人，不冷了。

　　久未联系的高中同学，突然电话来，他很突兀地问我，你是不是曾给四川灾区的孩子寄过礼物？

我一愣，想起来了，儿童节时，我曾给他们寄过一些花的种子。

那是一家报社组织的大型爱心活动，号召一批作者，每人给灾区的孩子写一封鼓励的信，并随信附上一份特别的礼物。我当时搜遍我在的小城，把所有能找到的花的种子，收集齐了快递邮过去。我希望那些花的种子，能在孩子们疼痛的废墟上，开出一片绚烂来。

同学说，可以把地址给我吗？我准备了些御寒的衣服，想给他们寄去。

这真令我意外。同学不是个富裕的人，平时生活节俭得近乎吝啬。他在一家单位做门卫，一个月的工资，不过八九百块。妻子无业且多病，家里还有个上中学的儿子要抚养。

我把地址找到告诉了他，心情却再难以平静。我们曾有过太多的沉重：雪灾，地震，海啸，洪灾……但让人欣慰的是，我们也看到了，更多的真情与爱，汇成涓涓不息的暖流，流向那些受伤的心灵，一点一点，焐暖了他们的凄凉与寒冷。人心不冷漠。

一个我曾经的学生，在这个岁末，也给我发来邮件。学生大学毕业了，留在一座大城市里工作。本来一路顺风顺水的，在公司里，都快做到主管的位置了，却因受金融危机的影响，公司裁员，他被裁减下来。他很灰心很沮丧，他说他一直很努力地工作，回报他的，却是这样的打击。他茫然地问我，老师，你说这个世界会好起来吗？

我刚好在网上浏览到一则新闻，是关于地震中断腿的女孩廖智的。那曾是一个幸福阳光的女孩，有着健美修长的双腿，热爱舞蹈，舞动起来，像一只飞着的白天鹅。然而地震夺去了她的健全，她被迫锯掉双腿。梦想却不肯放弃，她用断腿在鼓上跪舞出《鼓舞》。红衣红裤，在鼓上舞蹁跹，如一枝红莲，盛开在鼓上。她的坚强，感动了这个岁末。大家把掌声和泪水，倾囊送给她。有网友这样留言：美丽的天使，你很棒，为你的坚强而感动，加油！

我把这则新闻转给我的学生。我说，我感动的是，不放弃。只要生命不放弃，这个世界会好起来的。

@ 微心语

不放弃生命，是起点；不放弃希望，是成熟。不放弃，每天都是一个新的开始。

母亲的厨艺

母亲粗茶淡饭了一辈子，对吃，从不讲究。我们小的时候，食物匮乏，母亲每日里想尽办法的，是怎样把我们的肚子喂饱，一顿胡萝卜煮稀饭，会让全家人喝得十分幸福十分满足。哪里还去讲究食物的口味？所以，母亲的厨艺一直不精，不会炖鱼，也不会烧好吃的牛排。

我们成年后，相继离家。母亲常常是煮一顿，吃三顿，就着自家腌渍的咸菜。偶尔我们回家去，母亲也会变着花样做些好吃的端出来，味道不怎样。我们兄妹为了宽慰她，总吃很多。但我儿子和姐姐的女儿，却童言无忌地嚷嚷着："婆婆烧的菜不好吃。"母亲听了，讪讪笑，一脸愧疚的样子。

这以后，母亲竟学起做菜来，在哪里吃到味道不错的菜，母亲总要追着人家问是怎么做的，然后回家学着做。最乐的人是我父亲，他隔三岔五地向我"汇报"，今天吃母亲烧的红烧鱼了，味道真不错。改天又告诉我，吃了母亲做的煨蹄髈了，好吃得很。我不太相信，节俭惯了随意惯了的母亲，怎么突然学起做菜来？！

隔日，却接到母亲的电话。母亲喜滋滋地告诉我，她包了春卷，荠菜做的馅儿。"你有空回来吃吗？"母亲问。我随口答应："好啊。"

双休日那天，我到家时，已是午饭时分。母亲的身影，掩映在厨房的一团香雾里，她正热火朝天地在烧煮炖炒。父亲在一旁打下手，不时递递葱或蒜什么的。父亲打趣母亲："你妈现在是'一级厨师'了。"母亲有些害羞，说："瞎忙的，你们不要嫌不好吃。"并且麻利地把一勺熟油倒到凉拌的菠菜里。

我看着忙得欢天喜地的母亲，突然无语。

我想起我的邻居来，一个七十多岁的老太太，瞎了一只眼，整日里，便云遮雾挡地看人，把这个人唤成那个人。她有个儿子，远在北京工作，平时几乎不回家，只在过年的时候，带了妻子女儿，奔她身边来过年。所以，一到腊月，老太太就很忙，天天跑菜市场。天寒地冻的日子，她的手，却泡在冰冷刺骨的自来水里洗鱼肚。别的人看着，很怜惜她，劝她："奶奶呀，这么冷的天，你就少忙几道菜吧，你儿子在北京，什么没吃过？"老太太却说："哪能呢，孩子难得回一趟家的，要让他们吃好。"

@ 微心语

　　世上的母亲，都是高明的厨师，她的厨艺，是为儿
女们备着的，好让他们回家的时候，能把她的爱，满满
地装进胃里去。

母亲的快乐

入秋，街上第一缕烤山芋的香味飘起来的时候，我就忙着给母亲打电话，让她给我准备一袋子山芋带过来。

母亲接到我这类电话，总显得格外欢喜，一迭声说有有有，生怕我反悔了，生怕我不再问她要东西了。

这一次亦是，才隔一日，一袋山芋已托人带了来，只只都经过母亲的手，细细挑选过。稍稍破点皮的，母亲肯定扔了。个儿不大的，母亲肯定扔了。母亲认为不甜不粉的，也肯定扔了。

母亲的电话随后而至，迫不及待问我，山芋好吃吗？我回，好吃。是谎话，因为我还没顾得上吃。母亲在电话那头就很开心地笑了，仿佛中了大奖似的，虽是隔了百十里远，我还是感觉到她的兴奋。

母亲总是这样，每到一个时节，若我不打电话回家，她会主动打了来，告诉我，地里的什么什么又能吃了。我会装着十分惊喜地说，是吗？然后让母亲给我准备一点带过来。事实上，现在市场上什么没有得卖啊，反季节的蔬菜多的是，母亲以为的上市货，在城里，早已没了季节的限制。

父亲背地里告诉我，你妈在为你准备那些东西时，高兴得不得了，嘴里一直哼着歌。我好奇，问，什么歌？父亲笑了，她大字不识一个，谁听得懂她哼的是什么。我能想象得出那样的情景：屋檐下，母亲半蹲着，用手一一认真梳理着要带给我的东西，脸上挂着茅花般的微笑。那会儿或许有阳光，或许没有，但母亲的心里，一定有着一轮温暖的大太阳照着。她快乐地想，这一棵青菜是我女儿要的呢；这一只山芋是我女儿爱吃的呢。母亲因此而幸福。

天下的母亲，莫不因为给予而快乐。

我单元楼里住着一个老人，儿子女儿都在外地工作成家了。平日里，老人生活得无声无息的，几乎听不到她家有什么动静，也难得见到她出来走动。但一到秋天，她就明显忙碌起来，她去菜场买了雪里蕻回来，买了萝卜回来，成筐的。楼梯口遇到，她大声地告诉我们，儿子女儿又打电话回来，想吃她腌的雪里蕻和萝卜干了。我得多备点，她乐呵呵地说。改天，楼前的空地上，晒了许多洗净的雪里蕻，和切好的萝卜片，老人不时跑去看看，眼睛半眯着，很陶醉。

我的好友玲是单亲，从小与母亲相依为命，在她眼里，母亲一直坚强得像棵大树，为她遮风挡雨。当她去外地读大学时，母亲突然患了病，又是失眠又是头疼的。玲很着急，买了许多药品寄回来，有些还是国外进口的，但都无济于事。后来，有"高人"点拨她，说她母亲，或许是因为不适应她的突然离开，空虚寂寞得害起病来。玲恍然大悟，再打电话回家，就跟母亲要这要那，今天要母亲帮她缝件内衣，明天又要母亲帮她做双棉拖鞋，还要在鞋头上绣花。她在电话里对母亲撒娇，妈，商场里卖的那些，都不如你做的好，你缝的内衣穿着才贴身，你做的棉拖鞋拖着才舒服。她母亲一边责怪玲什么时候才能长大，一边欢天喜地去买了布来，一针一线为玲缝制内衣，做着棉拖鞋，饭也吃得香，觉也睡得香了，病不治而愈。

想来，要让一个母亲开心，不但要记得买些礼物给她，更要时不时地问她"索要"，告诉她，你就是喜欢吃她做的糖糍粑，你就是喜欢穿她纳的棉布鞋。

@ 微心语

被需要是做母亲的快乐，她会因此而快乐而健康而延缓衰老，她要好好活着，她的孩子还需要她呢。

饺子里的爱

　　她从小不是个娇生惯养的孩子，兄弟姐妹多，且家穷，记忆里也就少有温情。她仿若一株芨芨草，遇风自生自长着。印象里，母亲总爱喋喋不休，父亲总爱板着张脸。她与父母，虽每日里近在咫尺，却像隔了万重山水。那时她最大的愿望就是，逃离父母，有一间自己的房子，养一群活泼的猫和狗。

　　唯一的一次温暖，是那次她大病。医生说，可能没治了。恍惚中，听到母亲的哭声响起，她小小的身子，被母亲搂在怀里。一刹那，她觉得眼前忽然一片花开，天空很高，云朵很白，她飞起来。母亲的声音像梦呓，母亲问："乖乖，想吃什么？妈给你做。"她听见从自己的心口上蹦出两个字——饺子。

　　是的，她想吃饺子。在那个物质极度匮乏的年代，上顿下顿都是稀饭，饺子是她吃过的最好吃的东西了。

　　不知母亲是怎样想的办法，总之母亲真的就包了一碗饺子来，用的是咸菜做的馅儿。当那香热的饺子气息钻入她的鼻子时，她像被施了魔法一样，竟一下子睁开紧闭了好几天的眼，坐起来，狼吞虎咽把一碗饺子吃下去。

她的病，奇迹般渐渐好了。一切又回归到旧日子里，病中感受到的温暖，像稍纵即逝的一点焰火，快速地闪了闪就消失得无影无踪。她还是她，一个如草芥般的丫头。父母还是那样的父母，母亲喋喋不休，父亲板着张脸。

她也终于长大，有了自己深爱的人，他能给她提供一间大大的房，让她年少的梦想变为现实。所以，她毫不介意他偶尔的坏脾气，还有无职业，要嫁他。父母却坚决不同意，母亲说，他不是一个能给她一生幸福的人。她哪里肯信？！执拗地走着自己的路，与他相携着走进婚姻里。心中，竟有一丝报复父母的快感，而忽略了父母的白发和眼中的痛惜。

婚后不过半年，她与他矛盾渐显，心痛了伤，伤了痛。若干回的纠缠过后，她不得不放手。心灰至冷，她觉得再没有活下去的必要了，一个人关在屋子里，想着种种能结束生命的方式。

突然门被推开，出现在眼前的，竟是久不曾见面的父母亲。父亲手里提着一只瓦罐，他竭力咧开嘴对她笑，笑得有些讪讪，他说："瞧，丫头，这里有好吃的东西。"母亲在背后擂父亲一拳，说："死老头子，跟女儿兜弯子做什么？"然后，接了瓦罐，举到她跟前，说："这是你最喜欢吃的牛肉馅儿饺子，妈给你包了点送来，趁热吃了吧。"

她抬头，才发现，几十年间，她竟从未曾认真地看过父母亲。他们的容颜，印着那么深刻的沧桑。而在那沧桑里，丝丝牵心的，都是割舍不下的骨肉亲情。原以为不爱，却不知，那爱，是另一种血液，在她就要断流的时候，它及时给她续上，好让她的生命继续蓬勃。

她一口一口吃着母亲包的饺子，心里有泪，开始淅淅沥沥……

@ 微心语

三毛曾说，"我知道，只要我活着一天，母亲便不肯委屈我一秒。"任凭时光流逝，在生命中，总有一种爱时刻陪伴着我们，感动着我们，那就是母爱。

一件米黄色的衣

在母亲六十岁生日那天，父亲特地赶了三十多里路去了一趟街，给母亲买回一件新衣裳。

新衣裳尺码过大了些，且颜色也俗——父亲是个穿着极不讲究的人，他的衣服，都是母亲帮着买的，所以，他挑衣服的眼光，就很有限了。母亲却欢天喜地地接了去，脸上现出少女般羞涩的红润，唇边的皱纹，花瓣一样舒展开来。孩子似的，迫不及待把父亲送的新衣裳换上。

我们于是都看到一个事实——父亲买的衣服，与母亲极不相配。纤瘦的母亲，裹在那件大大的衣里，显得矮小了很多。还有那颜色，是极其耀眼的米黄，母亲的肤色，在天长日久的风吹日晒之下，已成黝黑。米黄的色彩，衬得母亲的肤色，越发地黑了。

母亲却喜滋滋在穿衣镜前转个不停，一边拿眼瞟父亲，一边问，好看吗？父亲看半天，用手搔头，有些沮丧地说，尺码大了。母亲忙低下头看衣，说，哪里大了？然后抬头，冲父亲笑，说，不大不大，正好的，这样穿着才不拘束。语气里荡漾的竟都是欢喜。怕父亲不信，母亲又伸直手臂，做了一个展翅欲飞的动作，以证明那件衣服，她穿着的确是很宽松很舒服。父亲起初还忐忑着，怕母亲不满意。待看到母亲如此心满意足，他也就高兴起来，觉得自己做了一件很有意义的事，吃饭时，还因此多喝了两杯酒。

这以后，大凡遇到母亲认为的重大场合，譬如家里来许多客人了，譬如走亲戚，母亲必把父亲买给她的那件衣服隆重地穿上——出场。其实，母亲的衣橱里，不是没有漂亮的新衣裳的，我和姐姐常给她买，母亲随便穿上一件，都比父亲买的那件强，但母亲硬是不穿。一次，我实在忍不住了，背着父亲，悄悄跟母亲商量说，换一件吧，这件不好看。母亲笑，低下头抚衣，说，这是你爸送我的呢。遂照旧穿了它，傍了父亲，从容淡定地走。

一件耀眼的米黄的衣服，如果没有爱意，也许俗不可耐，但有了爱，一切就都不一样了。感动，是在那一刻充盈于心的，一辈子没说过爱的母亲，却把爱诠释得如此简单明了。只因为那是父亲买的衣，再不合适，她也能穿出幸福来。

@ 微心语

　　岁月相随，爱情终将归于平淡。也许我们的爱情没有花前月下的风景，但我们拥有朴实的野花，在湿润的土壤里同样可以散发香气。

母亲的守候

那些日子，对他来说，是天昏地暗的。与人合伙做生意被骗，血本无归外，还欠下十几万的债。不甘过平淡日子的妻，亦投入他人怀抱。他日日外出买醉。酒醒时，他已睡在自己的房间里，身上盖着轻软的被，枕巾上散发着好闻的香皂味。房间的窗帘，半拉着，外面的光线透进来，一些微尘，在光线里跳着舞。他对着那些微尘，发一会儿呆，他不记得日子是如何轮转的，前路茫茫复茫茫，他让自己陷在冥想中。

家里静。母亲总是轻手轻脚的，生怕惊动他。母亲洗衣，做饭，掸尘……母亲的身影，有些蹒跚，一条腿好像出了问题。他有点疑惑，但到底什么也没问。他想，母亲整天待在家里，能有什么事呢？

那日，一个平时疏于往来的朋友，突然造访，盛情约他外出散心。母亲表现得比谁都开心，忙着给他打点行装，跛着一条腿。他狐疑地看看母亲的腿，母亲感觉到了，笑笑拍拍腿说，老毛病了，关节炎呢。他什么也没说，转移了视线。

半路上，他和朋友停在路边饭店吃饭。他照例要了一瓶烈性酒，买醉。朋友拦住他，朋友说，你别再喝了，为了你母亲。

母亲怎么了？昏天黑地的日子，竟是她一直陪在他身边。他出去喝酒，母亲远远跟着，他喝多久，母亲就在门外等多久。他醉了，是母亲把他背回家，一路跌跌绊绊。躺在床上，他满床上呕吐，是母亲给他清洗，给他换上干净的被子枕巾。那一次，他又喝得酩酊，母亲去搀他，被他随手一推，母亲摔倒了，腿磕到椅脚背上，立即青紫一片。朋友找他散心，亦是母亲的主意，是母亲一趟一趟的恳求，打动了朋友的心。

他举着的酒杯，就那样愣在半空中。他对朋友说，我想回去。

是母亲开的门。母亲的惊诧里，有不安，母亲小心地问，你怎么回来了？是玩得不开心吗？他呆呆地注视着母亲，发现母亲又苍老了一轮，背也有些驼了。他什么话也说不出，张开双臂，紧紧拥抱了母亲。

母亲的泪，洇湿了他的衣。他的泪，滴在母亲的发里面。混沌的日子，被这场泪洗得澄清，他望见自己往日的不堪，有些羞愧，更紧地拥抱了母亲。他贴着母亲的耳低语，妈，你放心，我会好起来的。母亲含泪笑答，儿啊，我相信你，我一直相信你。

他笑了。他知道，这世上，无论他是得意还是失意，母亲永远是那个不离不弃地守候着他的人。

@ 微心语

　　家是孩子永远的港湾，母亲则是港湾的守护神，无论得意还是失意，母亲永远是那个不离不弃地守候着孩子的人。

和父亲合影

父亲在三十二岁上，照过一张小照。在上海城隍庙照的。二寸，黑白的。父亲当时是送姐姐去上海看腿的。六岁的姐姐，腿被滚水严重烫伤，整日整夜地哭。父亲的心被撕扯得七零八落。在姐姐的腿伤稍稍好转了之后，从不迷信的父亲，竟跑去城隍庙，想给姐姐买一个护身符。

父亲最终在城隍庙买没买到护身符，我不得而知。但父亲却走进了照相馆，拍了一张小照。

那时，对偏僻乡村的人来说，到照相馆照相还是件稀罕事。父亲的小照被带回来，村里人听闻，都聚到我家来看稀奇。一屋子的人争相传看着这张照片，啧啧称赞，拍得真好啊，就跟真人长得一模一样。

的确拍得好。拍摄的角度，微微有点倾斜，把父亲俊朗的轮廓，拍得十分立体。照片上的父亲，英气勃勃，神采郁郁葱葱。

多年之后，我再看父亲那张小照，发现年轻的父亲，长得特像从前的电影演员赵丹。而这时的父亲，正蜷在家里的沙发上打瞌睡，衰老得似一口老钟。

记忆中的父亲，哪里会老呢，他是永远的三十二岁，风流倜傥，丰姿俊爽。在一帮大字不识一个的乡人们里头，父亲很有些鹤立鸡群的样子。他不但断文识字，吹拉弹唱，也是无所不会。那时，我们兄妹几个，喜欢围了父亲转，看风把父亲的黑头发吹得飞扬起来。喜欢听父亲拉二胡、吹口琴、哼《拔根芦柴花》的小调。喜欢看父亲挥毫泼墨，似乎写尽江山。村里人家，哪家的门上，没有贴上父亲写的春联啊。这样的父亲，在我们的眼里，是举世无双的。

我上学了，成绩不错。父亲跟人说，只这个女儿，是他的翻版。但父亲从未指导过我学习。只一次，我伏在小凳子上，用红红绿绿的粉笔画人，把人涂得五颜六色。父亲走过来，俯下身子看我画人，看了一会儿，他握住我的手，替我帮人加上耳朵。又揩掉那些五颜六色，给人穿上中山装。我对着看，竟发觉画中人，有些像镜框中小照上的父亲了。我又是惊异又是自豪，我爸原来还会画照片上的人呀。

我渐渐长大，对父亲的崇拜渐渐少了去，直至无。我眼中的父亲，与其他庸常的父亲没什么两样，他抽难闻的水烟，爱吃大葱和大蒜。手指甲里淤着黑泥，他用那样的手，把玉米饼掰开，一块一块送到嘴里去。及至我工作了，父亲来城里看我，当着一帮我的同事，把大厦的"厦"读成夏天的"夏"，我羞红了脸纠正。父亲讪讪笑，再读，还是读成"夏"。我只有默默摇头。

父亲老了，很多的疾病缠上身。最严重的是脊椎病，发作时，压迫得他双腿不能走路。这时的父亲，无助得像个小孩，被我接进城里来看病，完全听任我的摆布，神情落寞。

那日，我和几个朋友外出游玩归来，在相机里翻看刚刚拍的照片。父亲也很感兴趣地凑在一边看，边看边夸道，拍得真好。我想起来，我好像极少和父亲拍过合影，就随口说了句，爸，要不，我们来拍一张合影？

父亲愣了一下，有些意外地看着我，问，就我们两个拍？我说，是啊，就我们两个。父亲笑了笑，有些犹豫，说，还是不拍吧，爸爸都这么老了，拍起来不好看。

我的心疼疼地跳了一下，父亲是老了。我嫌过他老吗？貌似没有。可事实上，我是在嫌弃。我不耐烦听他说话。我很少跟他一起出门。我也极少坐到他身边，握住他的手，陪他聊家常。我不知他又添了几道皱纹，白了几根头发。我与他，就这么，在岁月里疏离着。

我上前搂搂父亲，我说，爸，来吧，你不老，还是很帅的。

父亲犹疑地看看我，终于下定决心似的，答应，好吧。他很认真地理好头发，理顺衣衫，对着镜头摆好姿势。我靠上去，靠到他肩上，我说，爸，来，一二三，我们一齐笑。

照片上的父亲和我，都笑得灿若春花。父亲看着照片很开心，嘱我把合影洗出来，他说要带回家去，时常拿出来看。我遵嘱洗了两张，一张给了父亲，一张留给我自己。所有见过这张照片的人都说，你和你爸长得太像了，笑得一模一样。

@ 微心语

父爱是一缕阳光，让你的心灵即使在寒冷的冬天也能感到温暖如春；父爱是一泓清泉，让你的情感即使蒙上岁月的风尘依然纯洁明净。父之爱，深邃而沉重。

Chapter 05

谁碰疼了她的忧伤

回过头去，依稀看见寨子口，一个小小的身影，依然站着，蓝衣蓝裤，像一朵静静开着的小野花。青山环抱中，她身后的寨子，美得像上帝遗落的一个梦。

灵魂的枷锁

这些天，我一直在想男孩刘宇飞。

我不认识他。他离我所在的小城，有四五百里远。普通乡镇中学的孩子，如果将来不是特别出色，他的名字，将湮没于芸芸众生之中。他会成为夫，成为父，过凡俗的小日子。也许一生无波无折，平安终老。这未尝不是一种幸福。

他却做出了惊人的一跃，从六层高的教学楼上。十八岁的生命，在水泥地上，溅起一摊艳红。是琵琶弦断，乐曲戛然而止，一点转折与回旋的余地都没有。

我的大学同学，在他读书的那所中学任教。我的同学惋惜地说，那孩子看上去，干净，帅气，对人极有礼貌。我忍不住想，若干年后，他会成为一个善良的好男人吧。

本也是个幸福的孩子，家里的经济条件虽算不上好，父母不过是环卫工人，但他得到的爱，不比别家的孩子少。父母当他是掌心的宝。

却没有娇惯的坏毛病，从小懂事，能吃苦。上学后，学习成绩一直很好，这是父母最大的安慰。父母对他保证，只要他好好读书，家里再穷，也会供他念大学的。

他果真争气。从小学，到初中，一路鲜花盛开，获奖无数。邻居们都拿他做榜样，教育自家调皮的孩子。父母整天高兴得合不拢嘴，走哪儿，都一副扬眉吐气的样子。父亲还折腾了一个小摊子，每天下班后，在街上卖凉皮，提前给他攒上大学的费用。

很快，他初中毕业，顺利进了镇中学读高中。不幸意外降临，父母出去摆凉皮摊子，晚归时，被一辆车撞了，母亲当场死亡，父亲被撞成重伤。等被人发现时，肇事车辆早已逃得无影无踪。

倾尽家产，父亲好不容易才捡回一条命，却半身不遂。一个家，就这样塌了。地动山摇般的。家里再没有能力供他读书。他收起书本回家，也收起了一颗梦想的心。

一日，他正在家中给瘫痪在床的父亲擦洗身子，班主任突然登门，说遥远的他方，有好心人，得知他的故事，要捐助他上学。

一沓钱送至他手上。班主任语重心长对他说，以后你要加倍努力，用优异的成绩，报答这个好心人。父亲亦喜极而泣地对他说，孩子，你要好好读书，不能枉费了人家一片好心。他重重点头。

从此，他拼了命地用功，每天只允许自己睡四个小时。结果却事与愿违，每次考试，他的成绩都不尽如人意。老师们看他的眼神，越来越失望。父亲虽没有责备他，但那心痛的样子，让他过目不忘。

正在这时，捐助人又给他汇来一笔钱。随钱寄来的，还有一封信，信中写满鼓励他的话，承诺，若他能考上名牌大学，他将继续捐助他，直到他大学毕业。

这封信，成一块巨石，沉沉地压在他的心上。他上课时，开始走神。老师提问，他站起来答非所问。如此三番五次，老师愤怒了，找他谈话，告诫他，不要拿捐助人的钱开玩笑。

他跳了楼。那时候，校园里的夹竹桃开得正热烈，云蒸霞蔚。他留下遗书，满纸都是对不起，对不起捐助他的人，对不起老师，对不起父亲。

他的死，让知道他的人，扼腕叹息，都说这孩子脆弱。却没有谁去想，杀死这孩子的，不是他的脆弱，而是捐助者的捐助。当捐助成为施舍与恩典，它不再是渡人于困厄之中的方舟，而是锁住人灵魂的枷锁。

@ 微心语

真正的爱心是真诚的、温馨的，帮助他人却又尊重他人，这是一种高贵的美德。人类的虚荣心理容易使得施予者产生骄傲的虚妄，能征服这一顽疾的人必定是内心美丽无比的人。

她不是一棵树

我是在丽江古城看到那个女人的，靛蓝的大褂，靛青的裤，腰系百褶围腰，典型的纳西族装扮。女人很老了，皮肤松弛，多皱褶。她盘腿坐在一方檐下，守着一堆绣花鞋垫，对着熙来攘往的人，风吹不动。像丽江河畔的一方石，抑或檐上的一块砖，身边的一个热闹世界，都与她无关的。她的身上，充满无法言说的古朴和沧桑。

我承认，这样的沧桑，深深打动了我。我身边的游人，亦有停下来看她的，他们在她的鞋垫面前弯下腰去，看看，并不买。抬首就是一爿店，更精美的东西，里面多的是。

我举起手里的相机。飞起的檐，赭色的木门，檐下的红灯笼，还有这个老妇人，这实在是个很不错的画面。我甚至想过，如果拍摄效果好，我要把它放进我的游记里当插图。就在这时，突然从人群里冲出一个小孩儿来，小孩儿七八岁，黑且瘦。他斜背着一个网兜兜，里面横七竖八躺着一些空饮料瓶。小孩儿几步就冲到檐下的老妇人跟前，伸出胳膊挡在前面，眼睛亮亮地对着我，口齿伶俐地说，不许拍！

我吃了一惊，没明白过来。我说怎么了？手里依然举着相机。

小孩儿一看，急了，直视着我，再次强调，不许拍！她不是一棵树！

我愣住了。这是我万万没想到的。是啊，她不是一棵树呢，我怎么可以随便拍？我放下举起相机的手，对小孩儿抱歉地笑了笑。小孩儿松了一口气，却仍盯着我，仿佛怕我偷拍。

我看他实在可爱，开玩笑地问他，那么，我可以拍你吗？

他眼睛滴溜溜地转了转，回答得倒爽快，可以。不过，他伸手一指老妇人脚边的五颜六色，坏坏地笑，你得先买一双老奶奶的鞋垫。

我问，为什么呢？

他答，因为你刚才侵犯了她，算是向她道歉。

我笑，照他说的做了。他很高兴，挺配合地让我给他拍了一张照片。我故意问他，你也不是一棵树呀，为什么让我拍？

因为你问过我可不可以呀，小家伙响亮地答。而后跑进人群里，像条小泥鳅似的，转瞬不见了踪影。

我愣在那里，为一颗小小的心里，住着的尊严。

这以后，我又去过很多地方，但不管到了哪里，我都不会再轻易把别人捉进我的镜头。因为，她不是一棵树，我没有权利侵犯她。

@ 微心语

　　尊重是不卑不亢的平等相待，一个懂得尊重他人的人，必然会赢得他人的尊重。

天使的心

　　秦月刚从师范学校毕业没多久，分配到一所小学教英语。上课的第一天，她就发现班上有个小男孩，很特别。小男孩一个人坐在教室最后排，身上的衣服脏兮兮的。头上的头发，乱得像马蜂窝。因她是刚来的新老师，孩子们都充满新奇地看着她，小男孩也不例外。却在那新奇里，怀了胆怯，当她的眼睛看向他时，他显得慌乱而无措。

　　课上，秦月亲切的笑容，柔和动听的声音，很快赢得了孩子们的喜欢。她每提一个问题，孩子们都争相举手，竭力想在她面前表现自己。小男孩也高高举起他的手，一双眼睛，充满渴望地看着她。当秦月终于喊到他时，他却吃了一惊似的，愣愣地站起来，张口半天，也没说出一个字。其他孩子哄一声笑开了，告诉秦月："老师，他是个弱智。"

　　课后，秦月从别的老师那里，得知了小男孩的一些事。小男孩的身世，说起来颇可怜，父亲穷且木讷，到四十岁上，才筹措了一笔钱，从外地娶回他母亲。他母亲在生下他不久后，跟人跑了，从此音信杳无。他跟了木讷的父亲长大，性格孤僻不说，脑袋瓜也不灵敏。上面来人搞测试，他被定为弱智。

"他考试，没有一门能及格的。你不要管他，只要他上课不捣乱就行，他的成绩，是不计入班级总成绩中的。"别的老师这样对秦月说。

秦月"哦"一声，再上课，就不怎么注意小男孩了。其他孩子举手回答问题时，小男孩也高高举起他的手，秦月却再没喊过他。小男孩举了一段时间的手后，大概自觉没趣，不再举了。秦月想，这样也好。

那一天，是圣诞节。外面的天空，很应景地飘起了雪花，一朵一朵，在教室外开了花。秦月教孩子们唱圣诞歌，教孩子们学说英语单词"Merry Christmas"（圣诞快乐）。课堂上立即热闹开了，孩子们互相说着"Merry Christmas"，且互赠礼物，这个送那个一块橡皮，那个送这个一支铅笔。节日的气氛，被渲染得浓浓郁郁。

秦月站在讲台前，微笑地看着这群可爱的孩子。这时，教室后的小男孩，突然高高举起他的手，秦月觉得奇怪，想，我没问问题啊。但她还是让孩子们静下来，然后，叫了那个小男孩的名字。

教室里有一刹那真静，静得只听见窗外雪落的声音。孩子们都转脸惊奇地看向小男孩，小男孩在大家的注视下，显得很紧张，一张小脸涨得通红，吭哧吭哧半天，也没说出话来。

秦月笑着摇摇头，招手让他坐下。小男孩着急了，突然开口说："老师，Me-rry-Christ-mas。"原来，他是要向秦月说声圣诞快乐。他说得不流利，读音也不准，可是秦月听明白了，孩子们听明白了。

秦月问孩子们："他说得好不好?"

孩子们齐声答："好。"他们热烈地为小男孩鼓起掌，而后一齐对小男孩说："Merry Christmas！"

小男孩的脸，幸福得花一样盛开着。秦月的眼睛不由得湿了，她想起她对他的偏见与忽略。而他，回报她的，却是雪一样的纯真。

@ 微心语

每个孩子，都有一颗天使的心，闪着纯洁而高贵的光芒。当你走过他的身边时，请放慢你的脚步，低下头去，你定会看到，那颗天使的心，在闪闪发光。

细小不可怜

遇到细小，有些突然。年前回老家，看望母亲，刚进村口，她迎面走过来，着一件褪色的红色羽绒衣，脸庞瘦削，岁月风蚀的印迹，很重。看见我，她眼睛里跳出惊喜，梅姐姐，你回来啦？

我愣一愣，定定地看着她。说实在的，我没认出她。

她并不介意我的遗忘，很灿烂地笑，眼睛弯成小月牙，眼角的皱纹，堆成一堆褶子。她说，我是细小啊。

细小？记忆一下子扑面而来：低矮的茅草房。咳嗽的女人。木讷的男人。还有一个瘦小的小女孩。

那是细小和她的家，是村子里最穷的人家。

不记得她是怎样活泼地出现在人们跟前的，瘦小的她，仿佛突然从天而降，提着篮子割羊草，一路唱着歌儿来，一路唱着歌儿走，满身满心的，都是快乐。遇到大人，她老远就脆脆地叫，大爷好。大妈好。村人们惊奇地说，哟，这不是红喜家的细小么。然后笑着叹，想不到红喜，生了这么伶俐的一个小丫头。

她是真的伶俐。六七岁的小人儿，已能拾掇家了，烧火做饭，件件利索。还养了两只羊。害得大人们老拿她来教育贪玩的我们，你们瞧瞧，人家红喜家的细小，多懂事！

细小的母亲，一年到头病着。穿一件绛色的绸缎衣，脸色苍白地倚着家门，咳嗽。她身上那件乡村里不多见的绸缎衣，引发我们的好奇，私下里觉得，她是个不一般的女人。我们远远地看她，看见细小搀着她出来，然后搬了凳子把她安置下来。细小给她擂背。细小给她梳头发。细小在她身边又唱又跳。她虚弱地微笑，苍白的脸上，现出绵软的慈祥来。身后低矮的茅草屋，陈旧破败，却跳动着无数阳光。天空好像一直晴朗着，永远是春天的样子，静谧且安详。

细小的父亲，是个木讷得近乎愚笨的男人，背驼得恨不得趴到地。听大人们说，他之所以能娶到细小的母亲，原因是他家庭成分好。那是个讲究成分的年代。而细小的母亲，是大地主家的女儿。

他总是趴在地里劳作。细小做好饭了，站在田埂头叫他，爸爸，家来吃饭啦。他应一声，哦。慢吞吞地往家走，他的前面，奔跑跳跃着快乐的细小。这场景，总引得村人们驻足看一会儿，笑叹，这丫头。是赞赏了。

　　细小念过两年书罢？不记得了。听她用普通话念过"天上的星星亮晶晶"之类的句子，她把它念得像唱歌。她念着它去割羊草，她念着它做饭洗衣裳。不知从哪一天起，我们极少再注意到她了，我们有自己快乐的圈子，都是些读书的孩子，上学了一起唱着歌儿去，放学了一起踢毽子跳绳玩，那里面，没有细小。

　　再注意到细小，是她出去卖唱。大冬天里，雪一场一场地下，我们都围着小火炉取暖，细小却走在雪地里，带着她木讷的驼背的父亲，到周围的一些村子里。去时两手空空，回来时，却肩背手提的，都是细小唱小曲儿换得的报酬——一些米面和馒头。足可以让她一家，度过漫长的冬天。

　　我后来出去读书，在外工作，有关细小的一些，遥远成模糊。偶尔回家，跟母亲闲扯村里的人和事，会提及她。也只是零星半点。知道她母亲后来死了。知道她嫁到外村，嫁了个不错的男人……也仅仅这些，说过就说过了，已到结局。而且，这个结局似乎并不赖。

　　这次意外相逢，使我重又把她当作话题，跟母亲聊。母亲说，这孩子命苦啊。母亲这一叹，就叹出细小一段更为坎坷的人生来。命运并不曾眷顾她，她嫁人后，没过几天安稳日子，男人就出了车祸，瘫痪了。那个时候，她刚怀有五个月的身孕。都以为，年纪轻轻的她会离婚改嫁，她却留了下来，生下儿子。她去捡垃圾。她去工地上打零工。她拿了手工活，半夜做……

　　我离开老家前，又碰到细小。她回来，是打算把她父亲接到身边去照料的。我很唐突地问她，细小，过得很苦罢？细小稍稍一愣，随即笑了，眼睛弯成一弯月牙，她说，梅姐姐，苦什么苦啊，我过得很好的，我儿子都上小学三年级了呢，成绩蛮好，老师都夸他。她的语气里，洋溢着自豪。

再回老家，我收拾了一包我儿子不穿的旧衣，还买了一些练习簿，托人捎给她。在我，是存了同情心的。不久之后，我收到她托人捎来的一篮子鸡蛋，那是她自家养的鸡生的蛋。她说，永远记着姐姐的恩情，细小不可怜，细小过得很好，请姐姐放心。

是的，细小不可怜。她就是乡野里的一株向日葵，无论历经多大风雨，都会朝着阳光的地方生长。

@ 微心语

人生如果树，在风雨中成长，在阳光下开花，繁花落尽，硕果累累。

谁碰疼了她的忧伤

　　那是个几乎与世隔绝的小山寨。大山深深处，一群苗族人，他们住黄泥抹墙的房，吃自家种的苞谷和红薯，穿自家织的土布衣裳。有儿自小会山歌，有女从小会刺绣。如此生生不息，与大山融合在一起。

　　一行人坐了车去。当地导游再三强调，这个寨子，近年来才逐步与外界沟通的，很多方面还很原始，还特别关照，不能给小孩子东西，哪怕一元钱。当地人讲究自食其力，你给他们家小孩子东西，他们非但不感激，还会很生气，认为你教坏他们小孩子，让小孩子有了不劳而获的念想。

　　山，重重叠叠，杂草遍生。我们沿着山脚走了大半天的路，一路磕磕绊绊，走得脚酸腿胀，越过一片湖，顺着长满绿苔的青石板，小心地爬上去，这才到达苗人的寨子。一截矮墙上，突然传来童稚的歌声，是改版的《小城故事》："苗寨故事多，充满喜和乐，若是你到苗寨来，收获特别多。"我们都被这歌声逗笑了，有游客紧走两步，跑上去问："谁教你的?"那猴子一样灵敏的男孩子，一个翻身跳下矮墙，说："老师教的。"转身一溜烟跑了。

整个苗寨，静。只有一幢幢房，参差摆开，一律的黄泥抹的墙，黑瓦顶。房与房相接处，都是青石板，曲曲弯弯，蜿蜒如蛇游。缝隙处，绿草肆意疯长。导游说，白天到苗寨，是难得见到大人的，大人们都到地里干活去了，他们每天早出晚归，一天只吃两顿饭——早饭和晚饭。

果真的，转遍整个寨子，看到的，只有孩子和狗。那些孩子，三四岁到五六岁不等，再大一些的，都跟父母到地里去了。可能是近年来见到的游人多了，一群孩子并不怕生，绕在我们身边走，亦能听懂一些我们的普通话。给他们拍照，他们会摆出造型来，而后哄笑着跑过来，看相机屏幕上自己的样子，说出"漂亮"这个词。

只有一个小女孩，她远远落在一群孩子后，一直不笑，神情忧郁，看上去不过五六岁。导游却告诉我："不对，她十岁了。"这让我惊讶。我走过去，试图跟她搭话，我说："你衣裳上绣的花真好看，谁绣的?"她答："我绣的。"我夸她："真有本事。"她说："我八岁就学会刺绣了。"我提出要给她单独拍照，她想了想，问："可以带上我的妹妹吗?"原来，她留在家里，是为了照应两个年幼的妹妹。她一手搀一个小人儿，她的背后，是那些黄泥抹墙的房，不远处，青山苍翠。

　　照片的效果很好，我让她看，我问："漂亮吗?"她淡淡扫一眼，答："漂亮。"脸上依旧没有笑容。后来，我走到哪里，她便跟到哪里，静静在一边，如一朵静静的小野花。我问："你干吗不说话呢?"她伸手摸我的衣襟，突然冒出一句："你们那儿也长黄瓜吗?"我愣住，一时不知怎么回答，她兀自答："我们这儿长好多呢，很好吃。"我转脸看她，她的眼睛避开我，望向大山外，两汪深潭水，映着几多迷惑：那大山外，到底是怎样一个世界?它带给她五彩的冲击，让她明显地有了不安。我突然明白了她的忧郁所在。

　　我问她："上学吗?"她摇摇头，说："只念到二年级。"又补充："我们这儿只念到三年级的，再念书，就要到山外的镇上去，我没去过。"

　　我不敢再问什么，如果不是我们的闯入，她或许也是安静快乐的一个，安命于大山深处的自给自足，长大了嫁一个阿哥，戴满头银饰，做人家的媳妇。我对她笑笑，想送她一件礼物，但想起当地的忌讳，忍忍，作罢。

　　我们离开苗寨时，一群孩子跟着，一直跟到寨子外。小女孩也跟着，神情忧郁，她的眼睛里，汪着两汪深潭水。当我们走了好远好远的路，回过头去，依稀看见寨子口，一个小小的身影，依然站着，蓝衣蓝裤，像一朵静静开着的小野花。青山环抱中，她身后的寨子，美得像上帝遗落的一个梦。

@ 微心语

有人触疼了她的忧伤，有人戳破了她的混沌，有人给了她外面的气息，有人给了她美好的向往。

他会在乎

晚饭后，去步行街散步。我喜欢那里干净的路面，和道旁的绿树红花，还有极具人文的文化广场。每天晚上，那里总聚集着一群又一群人，随着音乐翩翩起舞——这是小城近年来兴起的一项运动。吃饱喝足的人们，想着要健康了，于是纷纷走上街头，跳舞健身。

孩子们在溜冰。他们小小的身影，小鱼一样的，从我的身边游过去，再游过来。欢叫声此起彼伏。走近这样的人群，我极容易想起一个词，这个词叫其乐融融。

就在这时，我看见了他，迎面挪来。是的，是挪。因为他一步移不了二寸，腰伛偻如弯弓，让人担心着随时会折断。璀璨的路灯，照见他一张愁苦沧桑的脸，仿佛跋山涉水。他肩上捎着个破麻袋，不知里面装着啥。一只手从破旧的衣袖里伸出来，手掌向上，朝着路人，不言不语。可全部的肢体语言分明在说，行行好吧，给我点钱吧。

这样的老人，每个城市街头都有。这世上，富足与贫苦，幸福与困厄，永远都是相对的。

路人有的避他而走，有的视而不见。广场上，跳舞的人们依旧在跳舞，"小小的一片云呀，慢慢地走过来，请你们歇歇脚呀，暂时停下来……"歌曲节奏明快，跳不尽的欢乐。孩子们依旧在溜冰，你呼我喊的。我身边的朋友牵牵我的衣角，朝他努努嘴说："别理他，这种人见多了，说不定是骗人的。"

我于是避开那只试图伸向我的手，走开。心里却极度不安，我不知道为什么不安。我立定，回头望，他还徒劳地伸着手，朝着路人，手掌向上。一晚上，不知他能讨回几文。我踟蹰了一会儿，终折回去，在他伸出的手上，轻轻放上十块钱。

朋友对我的行为大不屑，她说："如果他是骗子，你给他钱是助长了他。如果他不是骗子，你给他十块钱能帮他什么呢？明天他还是要露宿街头。再说，每天都会遇到这样的人，你帮得过来吗？"

我承认朋友说得对。然而十块钱毕竟可以买到两大碗面条，可以买到五瓶矿泉水，可以买到一把挡雨遮阳的伞——有，总比没有好。

想起一个旧故事来：暴风雨狂卷过后的海边沙滩上，搁浅着许多条小鱼，全都奄奄一息。一小孩路过，起了怜悯，他弯下腰，不停地捡呀捡，把捡到的小鱼扔回大海。旁有一散步男人，站着看了半天，觉得小孩的行为很好笑，他走过去提醒小孩："这儿有成百上千条小鱼，你救不过来的。" 小孩说："我知道。" 男人听了他的回答，惊讶不已，问："那你为什么还在捡呢，谁在乎?" 小孩捡起一条，扔进大海，头也不抬地回他："这条在乎。" 再捡起一条，扔进大海，说："这条也在乎。"

是的，我们再怎么张开双臂，也庇护不了所有的饥寒和困苦，但我们足可以在我们力所能及的范围内，搭出一片温暖——给人一杯水，一碗饭，一件衣，或者，仅仅是送上一个鼓励的微笑。

那或许正是他人的活命之源，他会在乎。

@ 微心语

不过一碗饭，不过一念间，举手之劳的善良却可能是他人的活命之源，所以不要吝啬你的一丝善念。

不要碰疼她

跟一家电视台，去做一档节目，是一家单位资助一小女孩的事。

那家单位是在一次下乡途中，偶然听说小女孩的故事的。小女孩三岁那年，在江上跑运输的父母，不幸双双遇难，尸首都不曾找到。从此，她跟着年迈的爷爷一起过。故事很悲惨，那家单位萌发了资助小女孩生活的念头。于是发动员工捐了款，送她上学，还不时把她接到单位，让单位员工轮流带回家住。

这事，渐渐被传播开来，散发出温暖动人的色彩。关注的人，越来越多，小女孩成了媒体的焦点。

她显然很不适应这样的阵势，面对着摄像镜头，她低了头，一句话也不肯说。她年迈的爷爷，不住地推搡着她："丫头，叫人呀，叫叔叔，叫阿姨，感谢叔叔阿姨对你的关心。"她仍是一声不吭，只偶尔，抬眼扫一下面前的人，那眼神里，有惊慌，有茫然。

按节目安排，有一场景，应是小女孩面对父母的遗像，做出悲伤的表情。小女孩父母的遗像被取出来，玻璃镜框里，两张年轻的脸，跟绽放着的百合花似的，让人动容。

小女孩却不配合，她看着父母的遗像，没有一点悲伤的意思。甚至，带了漠然。有人轻声地诱导她："琴琴，你想一想啊，别的小朋友都有爸爸妈妈，而你没有，你不难过吗？你不想他们吗？"

小女孩还是很漠然。

"这孩子，是不是智商有问题？"有人私下里嘀咕。节目一直拍不到理想的效果，任你怎么启发，小姑娘的眼睛里，就是没有悲伤。

大家把目光转向我，因为我跟孩子最容易亲近，他们想让我再去启发启发她。当时正是阳春三月，春在溪头荠菜花。我跟小女孩提出，一起去地里挑荠菜。小女孩高兴地答应了。

提着篮子，我们走向田野。小女孩像换了个人似的，在我前面快乐地蹦跳着，不时指着路边的草告诉我，这叫什么草，那叫什么花。那片天地，是她和它们的。我饶有兴趣地跟着她奔跑。

很快，我跟小女孩混熟了，我没忘记我的"使命"，把话题牵到大家关心的事上来，我问她："你想爸爸妈妈吗？"

"为什么老要我想爸爸妈妈呢？"茫然的神情，又爬上小女孩的脸。

"不想。"她很干脆地答。

她这一问一答，让我愣住了。是啊，我们为什么偏要让她想她的爸爸妈妈呢？她对他们，已完全没有了记忆，她有她新的生活，这应该是件幸事。我们想唤起的，到底是什么呢？不过是用他人的悲伤，来满足我们虚假的同情罢了。

四野里，一片祥和，花们安静地开着，草们安静地绿着。我想，小女孩也是这样的一株植物吧，风或许会吹折她的叶，雨或许会打折她的茎，但生命的顽强，会让她的伤口自动愈合。当春风又吹起的时候，她自会绿起来，她只记得当下的快乐，有什么不好？

我们的篮子，装满了荠菜。回去的路上，小女孩告诉我："秋天的时候，我们这里还有枸杞摘的，红红的果子，可好看啦。"

我望着小女孩，心里涨满感动。那档节目终因我的坚持，被取消了。我只希望着，小女孩能安静地生活在她的世界里，大家不要再去碰疼她。

@ 微心语

　　时间会慢慢沉淀，伤痛亦会慢慢模糊。学会适时遗忘，每个人的幸福需要自己的成全。

老去不浪漫

年轻的女孩，在她博客上很抒情地写下，老去是一件浪漫的事。我看着微笑，她多像曾经的我，看到夕阳下独坐的老人，白发苍苍，脸上波平浪静的，只觉得禅意极了。羡慕这样的老去，以为人生至此，百念全消，复归自然。像一棵树，一株草，沉默于山林。

年轻的时候，哪里懂得，生活根本不是油画，在它背后，隐藏着无数的孤寂、无奈、不堪和苦痛。

我的祖父九十一岁了。亲朋好友都说，活到老爷子这份儿上，是福分，寿大福大。大家说这话时，老爷子一个人枯坐在小屋前，无声无息的，朝着远方望着。小屋前长一棵梨树，一棵枣树，是老爷子亲手栽的。

当年，老爷子还能跳起来摘梨，爬上枣树去摘枣，现在老爷子眼也花了，耳也聋了。也无人愿意低俯到他的身边去，听他慢慢说话。大家热闹着来，明着是来看老爷子，实际上是找了由头相聚，倒把老爷子撇一边。吃吃闹闹散场去，遥遥冲老爷子挥一挥手，说声，"爷爷，走啦!"也不管他听没听到，各自回各自的家去了。

一日，我去看老爷子。从小，我跟他的感情最为深厚。他知道是我去了，紧紧拉着我的手不放，喃喃说："我现在，除了吃，没什么用处啦，是个废人啦。"

听得我伤感，却无力改变。想他曾是多么刚性的一个人哪，说话如雷吼，一声下去，小辈中没一个不听的。一辆自行车骑得生风。老街在三十多里外，他一个早上能骑个来回，把家里需要的镰刀给买回来，在房檐下刨木柄，一把斧头使得威武得很。我们人小，站一边看，觉得这样的祖父真了不得，永远不会老。

关照父亲，平时多陪老爷子说说话啊。父亲摊一摊手，苦笑道："跟他说了他也听不见啊，再说，家里也忙的。"

是的，老爷子听不到了，他已耳聋多时。我转头看枯坐着的老爷子，淡淡的日光，落在他的白眉毛上。他看上去很像一口枯井，被废弃在岁月的角落里。苍老与荒凉的无奈，只能他一个人收着了。

也曾开过玩笑，化装成文学老太太上网。遇一 ID ，上来就破口大骂，老不死的，这么老了还上网，还文学!骂得我一愣，我尽量跟他辦理儿，我说你也会老啊，谁不会老呢，能平安过到老，是多大的造化啊，没见过有人半途夭折的么！那边未及我把话说完，丢下一句，你这个老不死的，还真能说哈。——一溜烟跑了。

心当下凉去半截。若是将来我真的老了，我得准备好多少勇气，来面对这等无缘无故的谩骂？

朋友也跟我说一事：一日上街，遇见一老人在路上蹒跚，后面突然蹿上来几个小青年，嫌老人挡路了，齐齐骂道，老不死的，这么老了还上街干吗呀！伸手粗鲁地把老人推到一边去。我问，后来老人咋办的？朋友苦笑着说，还能咋办？站路边哭呗。

脑子里便一直盘旋着那个不认识的老人，垂暮之年，孤单行程，谁与之共？这是最最凄凉无助的，哪里还有什么浪漫可言？

然即便如此，我们还是义无反顾地，朝着老的方向奔去。因为人生的每一步，都是一种体验。好的，坏的，我们都将担待着，从而成就人生的完整。

@微心语

珍惜每一寸短暂的时光，把平淡的岁月盘点成弥足珍贵的精神财富，慢慢走到岁月的尽头。

悠悠飘过的《梁祝》

十多年前，我还是个不满二十的女孩子，在一所边远小城市内的大学里读书。大学的校园也小，远不像现在的学校规模这么大，数来数去就几座教学楼，几座宿舍楼，再加一个大饭堂。一下课，老师学生全挤到一块儿打饭了，在依然是民以食为天的那时，谁也不会客气到把吃的机会让给别人的，所以，打饭的窗口常常拥挤得像一锅沸腾的粥。于是，也就常听到几个青年教师在后面敲着饭盆儿大声抗议，嚷着要建教师食堂。

那时，教师的宿舍楼和学生的宿舍楼一前一后地紧挨着，中间隔着些紫藤树。夜晚我们躺到床上，便总会听到后面的教师宿舍人声鼎沸，小孩子唱大人叫的，还伴有锅碗瓢盆的声音……

我们谈话的主题便会集中到任教我们课的那些老师身上，我们谈他们的长相、穿着、气质、风度、才华，也谈他们的家，谈凭我们揣测着的幸福与不幸。谈到最后，总会叹一口气，为他们的幸福与不幸。然后，睁着眼空空地想上半天，再沉沉地睡去。我们谈得最多的是一位姓顾的男老师，教我们伦理学。二三十岁的样子，长得很艺术，四方脸，留一圈络腮胡子，身材很魁梧。我们谈他是因为他总是在每晚九点左右拉上一段小提琴，且总是拉《梁祝》。有消息灵通的女生说他刚离婚了，前妻是个护士，长得很漂亮。那女生把我们睃巡一遍，而后用肯定的口吻说，我们这儿没有谁比她漂亮。

我们便叹气，多么般配的一对，为什么要离呢？然后躺下来，静静听《梁祝》如泣如诉的声音，像薄丝一样，轻轻地从我们年轻的心飘过。再上课时，所有女生看他的眼神便多了一分怜惜。到晚上，当《梁祝》再次响起的时候，我们便不约而同地闭紧嘴巴，任凭那淡淡的忧伤飘呀飘。

那时，我喜欢站在后窗口，头轻倚着窗棂聆听。《梁祝》从紫藤花上颤巍巍地滑过，跌落在夜晚薄薄的气息里，一树一树的花都复活了，像蝶一样，凄婉地飞着。我想象着那紫藤树后的男人，是如何站在窗口，满脸忧郁，下巴抵在琴上，把《梁祝》从心底拉出来的。他这是在做什么？是凭吊已逝的爱情吗？我的心在那乐曲上滑翔，乐曲有多远，我的心就会滑多远。

在我们临近毕业的时候，每晚的《梁祝》突然消失了，我们都像丢了什么似的，竟然很有些不习惯。不几天，消息灵通的女生打听到最新消息，说他复婚了，因六岁的小儿子。我们一时都陷入沉默，心底挥不去的却是那悠长悠长的《梁祝》。直到毕业，我们也没再听到。

前几年，我回大学有事，遇到昔日的老师，问起他来。那老师说，他呀，早就离了，到南方去了。

我竟觉得有些释然。婚姻打上补丁，不是每个人都适合的，十来年前的那时，我就这么认为着。只是不知去了南方的他，有没有带上那把小提琴，会不会还在晚上九点左右拉《梁祝》。

@ 微心语

岁月就像一条河，左岸是青春回忆，右岸是金色年华，中间匆匆流淌的，是年轻的、隐隐的伤感。怀念岁月，怀念青春、回忆以及伤感。

谁弄折了她的翅膀

　　她是我教过的学生里，最让我难忘的一个，矮，胖，还驼着背。十六七岁的女孩子，正是爱漂亮的年纪，她不，整天穿着长衫长裤，把自己包裹得严严实实。看人时，她的眼里布满惊恐，仿佛一头受了伤准备随时逃离的小兽。

　　第一天，我到她所在的班级上课，课上到中途，她突然从座位上站起来，一句话也不说，就往教室外面走。我叫住她，她瞪眼看着我，那眼神，像草尖儿上的露，稍一碰，就会掉落。我的心，很疼地跳了一下，我问，你怎么了？这时，底下的学生忽然笑起来，说，老师，你不要管她，她一会儿就会回来的。都是一副见怪不怪的表情。

　　下课到办公室，我跟同事说起这事，同事笑了，原来是她呀。竟都知道有她这样一个学生，都知道她的"怪"，说她很难坐满一节课的，往往坐一会儿就会站起来，外出走一圈，又走回来，完全无意识的。像梦游。

便常常在校园里看到她。上课的铃声已安静了好久，整个校园里，静得只听见花开的声音，她一个人，佝着身子，在校园里漫无目的地走。阳光落在她身上，碎碎的。

渐渐地，知道了她的故事，有过天真烂漫的童年，活泼可爱，能歌善舞，小学时，曾参加过市少儿舞蹈比赛获过奖。父母对她寄予了无限厚望，送她进各种辅导班。她也一直表现得很出色。

一转眼，她小学毕业升入初中，学习成绩却不是父母期望中的那么拔尖，因为她爱玩。又一次期中考试，她考出的分数与父母定下的目标，相差很大。望女成凤心切的父亲，再也沉不住气了，在痛斥了她一顿后，突然给了她一巴掌，并把她推进储藏室，关了起来。储藏室在楼梯口，窄小，且暗，当时正是晚上，外面的天黑沉沉的，一场雷雨就要来了。她从小就怕黑，怕打雷，当她被推进储藏室，她害怕得发出刺耳的惊叫。父母听到她的叫声，起初并不介意，认为让她反省反省有好处。等到他们开门放她出来时，发现她已两眼发直，浑身颤抖不已。

从此，她的世界一片混沌。中考时，她未能考上高中，她的父母托了关系，并捧出一大笔借读费，这才进了我们学校。

她的父母我见过，那是一对望上去面容和善的中年人，看见我们，他们脸上立即现出谦卑且羞愧的笑，老师，孩子给你们添麻烦了。他们陪着她来上学，一左一右地护着她，跟她轻声细语地说着话，她多半不答话。放学的时候，他们又双双来接她回家，仍是一左一右地护着她，仍是轻声细语地跟她说着话。他们三个走在路上，本应是和谐的幸福的，却每每让人看出疼痛来，只觉得他们头顶上的天空矮矮的，阳光也比别处的暗淡。

她的书仅仅念到高二，就念不下去了，原因是，她的每门功课都不及格，有的学科，甚至考了零分。她的父母领着她来跟我们告别，她一声不吭，面无表情。我悄悄问她，想不想继续上学？她看我一眼，那眼神里有惊恐，有茫然，是凌乱的花瓣，纷纷落。

好几年过去了，她当年的同学，早考到外地读大学去了。假期里那些学生回来看我，身上散发着鲜嫩的气息，脸上的青春肆意流淌。这时，我总不由自主地想到她，想她，若不是中途折了翅膀，现在，定也在蓝蓝的天空中飞翔吧？

@ 微心语

故事，遗憾悲婉里存有凄凉。人生，跌宕困顿中方显豪壮。

萍

　　萍和我一般大。我们在同一个村子里出生，前后相差不过两小时。我是家里第二个孩子，上面有个姐姐。虽说我的到来，让父亲小小失望了一下，他是盼着有个儿子的。但父亲到底是读过书的人，说家有两个千金也是宝，对我很疼爱。萍的家里，却是另一番情景，她上面已有三个姐姐，她一落地，立即受到冷遇，不但父亲不喜，母亲也不喜。在以后成长的岁月里，她几乎都在冷遇中过着。

　　记忆里的萍，总是剃着光头，无论春夏秋冬。那光头上生满癞疮，密密麻麻。阳光好的时候，那些癞疮会往外流脓水。她身上的衣，也往往是脏得看不出布的底色。她在村子里晃，到东家门口撑撑，看看。又去西家门口站站，看看。村人们便觉得这孩子脑子不灵光，且她家，又是村子里极穷的一家，也就难得获得尊重。于是大家都叫她，呆萍。

　　萍不反抗。别人怎么叫她，那是别人的事情，她至多抬起眼，朝你看看，然后走开。她少有玩伴，村里的孩子，都嫌恶她头上的癞疮。家里的大人也再三关照，千万不要跟呆萍一块儿玩，不然，你们也要呆掉。孩子们越发地远离萍了。

　　我的家人一向与人为善，特别是祖母，是个吃斋念佛的人。对萍，从来没有为难过。萍更多的时候是来找我玩，提着一只破猪草篮子，倚着我家门框，看祖母给我梳头。我那时留很长的头发，祖母给我编一条长辫子挂在脑后。萍的眼睛跟着我祖母的手转动，上上下下，上上下下。祖母就叹气，说："丫头，你妈怎么不帮你洗洗头？生这么多癞疮，疼死了吧？"萍笑笑，抽抽鼻子，不说话。等我的辫子编好了，她会伸过手来，轻轻摸一下，再摸一下。

　　有时我也提一只小篮子，跟萍一起去地里割猪草。萍会很高兴地在前面带路，脚指头露在鞋外面，一路上，踢得泥土飞起来。到了地里，我们并不割草，而是找一条泥沟坐下来。春天的太阳很好，晒得人暖暖的呢，我们坐在泥沟里晒太阳。两个人，很少说话，就那么坐着，很暖。世界好静啊，没有人来打扰我们，仿佛只有太阳光，扑扑往下掉。

　　萍有时会叹口气，很满足的，又很向往的。她说："我马上也可以留长发，扎小辫呢，我妈说的。"或者，"我妈今天给我烙了大饼吃呢，放好多葱，好香。"或者，"我妈给我做了新鞋呢，可漂亮啦，鞋子上还绣了花呢。"改天，我看到她仍穿着露着脚指头的破鞋，就问她新鞋在哪儿。她说："还没做好呢，就快好了，我妈在给它绣花呢。"过些日子，我们一起坐在泥沟里晒太阳，她忽然很忧伤地说，她的新鞋放锅膛里烤火时，被烧掉了。"怎么要烤呢？"这是我很奇怪的事。萍说："我不小心弄湿了它。"我信以为真，回家把这事告诉母亲听。母亲听了笑，说："她那个懒妈妈，哪里会给她做新鞋穿？"

在我上小学的时候，萍的父母分居了，一河相隔，一个搬南岸去住，一个在北岸住。孩子们是一分为二，大的跟了母亲，萍和另一个姐姐跟了父亲。本来的一家人，见了面，变得跟仇人似的。萍的日子，更不好过了。没有学上倒是其次，小小年纪，却要做饭洗衣，还要喂猪喂羊。手背上，常青一块肿一块的，是被酗了酒的父亲打的。

我放学回来，在屋后的竹林里念书，萍倚在一棵竹上，痴痴听我念，同时叹着气说，真好。她的头发开始长出来，稀稀的，黄黄的，蓬在头上。我教她写她的名字。萍很认真地用竹枝儿在地上画，一笔一画的。"写"得有时忘了时辰，她父亲的大嗓门，嚷得恨不得全村都听见："呆萍，死哪儿去了？"萍会悚然一惊，丢下竹枝，一溜烟跑回家去。

我读高中的时候，萍也长成大姑娘了。一日我回家，萍找到我，说："我要嫁人了。"屋后的竹叶沙沙沙，起风了。萍的声音，被竹叶声埋下去，萍说："他说他会对我好的。"我无语地看着萍，我要考大学了，萍却要嫁人。

后来，我见过几次萍要嫁的男人，瘦小的一小青年，勤快得很，到萍家里来，什么活都抢着干。过节送猪蹄髈来，惹得萍的父亲眉开眼笑。还给萍买新衣裳。萍自然很满意。一次看她在屋门前洗那个小青年的衣，一边洗，一边叫着他的名字。她叫一声，那边答应一声。她且叫且笑，很幸福的样子。

我到大学去报到的时候，萍出嫁了。过年回家，见到萍，明显的长白长胖了，脸上一团红晕。大家都说傻人有傻福，想不到呆萍嫁了个好人家，婆婆待她好，男人待她好，都盼着她给生个胖儿子。那时，萍已有身孕。她跟我说，这辈子她先嫁人了，下辈子她也要读书。"不过，现在日子也蛮好的。"她低头，很知足地笑。

萍生了个女儿后，婆婆不喜，男人不乐，萍的日子变得不好过了。萍没有怨言，认为是她犯的错，盼着再怀上一个，生个儿子，好将功赎罪。

大三那年，我回家，萍腆着个大肚子，去看我。她站在一片竹林外问我："要是还生不了儿子，怎么办呢？"惴惴不安地。那是秋天，乡村的天空，格外高远。鸟雀们叫着闹着，飞过竹林去。鸟们是那么自由，而萍，不是。

萍后来在生孩子时，大出血死了。婆家如愿得到一个男孩，只是，萍死了。

萍留下两个孩子，如今都大了。听人说，女孩子出落得尤其漂亮，长得很像萍。那么，当年的萍，也算得上一个漂亮的人了。只是，在她有限的生命里，从没有人看到她的美，包括我。她就这样被忽略了，如同一粒微尘，被一阵风吹来，又吹走，没有人仔细留意过。

@ 微心语

许多人都觉得生命中有一种无力感，感觉自己被环境、被现实限制。事实上，束缚我们的并不是那些外在的、有形的现实与环境，而是烙印于内心深处、在成长过程中形成的许多无形的制约。

吹芦笛的二小

二小是我的表弟。说是弟弟，其实只比我晚出生两天。

我们都是家里的老二，我上面有一个姐姐，他上面有一个哥哥。从前乡下人家，父母对第一个孩子，都是期盼且欣喜的。到了第二个孩子，那期盼与欣喜的心，便淡了许多，给予的疼爱，也是有的，却少了细致与周到。我们是那么不引人注目，像野地里的芨芨草，兀自顽强地生长着。

二小是有名字的，但大家从不叫他的名字，都叫他二小。二小，大家唤。二小就抬头看着唤他的人，有时应一声，哎。有时不应。大大的眼睛，黑葡萄似的，汪着一个蓝天。大人们可惜道，若是女孩子有这双眼睛，该多漂亮。

二小不爱说话，表兄妹们一堆儿，玩得热闹。他却一个人，远远待在一边，闷着头，独自玩他自己的，用皮筋做弹弓，或用芦竹做笛子。我也不爱说话，所以，常常凑到他身边去，看着他做这些玩具。我要求他，二小，也给我做一支笛子吧。二小二话不说，就把手里做好的笛子送给我。

他有时，会带我去捉蚂蚱。我们坐在田埂上，看绿色的蚂蚱，在田埂边的草丛里跳。明亮的阳光，晒得人的骨头暖。我们待在一起，一玩就是大半天，却很少说话，他不说，我也不说，我们更像两只相互取暖的小狗。大人们惊奇，说，这两个闷葫芦，咋玩到一块儿了？姑姑还曾开过玩笑，问我，长大了嫁给二小好不好？我看看二小，点点头。二小腼腆地一笑，跑开去了。后来，他把他漂亮的玻璃球，送给了我。

七岁那年，我们上学了，在一起玩的时间少了。但在周末，我会去他家。他还是不爱说话，看见我，只是抬头笑一笑。一会儿之后，他会把手里正玩的弹弓，送给我，教我怎样射苦楝树上的果子。我射下一颗，他高兴地跑去捡，脸上有满满的阳光在流淌。

他做得更多的玩具，是芦笛。长的，短的，他做了一堆儿。有次周末放学后，我没有回家，直接去他家。半路上，我看到他背着书包，从一丛芦竹旁，晃悠悠走过来。嘴边一支芦笛，吹得呜啦啦，他的头顶上，鸟雀成群地飞过。天边的夕阳，投下波光一片片，橘黄，绯红。他的身上，披着霞光，温柔地发着光。看见我，他笑一笑，继续吹他的笛子。我叫，二小。他这才停下来，把手上的笛子递给我，说，刚做的，好吹呢。

二小出事，是在炎热的七月。那天，天气闷热，二小和他哥哥，一起到屋后的小河里洗澡。河边长着棵老槐树，二小曾爬上去掏鸟窝。掏了一只小鸟出来，后来想想，又爬上树，给送回去了。他说，鸟妈妈会伤心的。他实在是个心善的孩子。

那天，他没有爬老槐树，他直接下到水里。他哥哥跟几个同龄的男孩子玩打水仗，玩得不亦乐乎。所有人都没留意，他什么时候从水面上消失了。等他哥哥想起时，他已沉在水里多时。

他走后很长时间，我去他家，总不自觉地叫，二小，二小。四下里寻他，觉得，他一个人正躲在哪里，在做芦笛。那一年，我们十岁。

多年后，我翻看一本诗集，看到这样一句诗：天底下的老二，都是最忠厚的。我想起二小来，他永远是那个吹着芦笛的十岁少年，沉默的，善良的，黑葡萄似的眼睛里，汪着一个蓝天。

@ 微心语

童年是一抹阳光，把思念留在了斑驳的墙上。那些水样纯净、诗般美丽的童年，仿佛被涂抹了太阳的色彩，存留于我们怀念的心底。